Tanja Langer

Der Maler Munch

Tanja Langer

Der Maler Munch

Roman

EDITION frölich

FÜR WOLFGANG IN LIEBE

Er legt die Hand auf die Schulter der Frau, die er liebt.
Er berührt den Stoff ihres roten Kleides und ihre seidige Haut
am Schlüsselbein. Er küsst die Mulde des Schlüsselbeins.
Aufspringen. Sich ineinander verkeilen. Den Rock hochzerren,
die Hose hinunter.
Verlangen, Küsse, Wut.

Die Liebe macht die Menschen sanft, sagt Tulla.
Was redest du da, murmelt er. Wer soll das gesagt haben?

Als Munchs Tante Karen beerdigt wird, lässt er sich mit dem
Wagen hinbringen. Als sie sich dem Friedhof nähern, sehen sie den
Zug der Trauergäste und die Männer in den schwarzen Anzügen,
die ihren Sarg tragen.
Fahr weiter, sagt der Maler zu seinem Chauffeur. Sie rollen
langsam an allen vorbei, bis der Zug von der Straße abbiegt,
in das Friedhofstor hinein.
Nach Hause, sagt Munch und schließt die Augen.

I

Warnemünde

Loslösung, 1896

Das Kind und der Tod, 1899

Badende Männer, 1907/08

Tod des Marat II (Die Mördern), 1907

IM HOF IN WARNEMÜNDE STEHT EIN BAUM. Ein Birnbaum, hundert Jahre alt, knorrig, die Blätter der riesigen Krone bilden im Sommer ein Dach. Nielsen fegt den schmalen Hof; Munch malt ihn. Er lotet die Tiefe des Raumes aus, der Hof wirkt auf dem Bild weitaus tiefer als in Wirklichkeit. Es ist eine freundliche Tiefe.

Neuerdings benutzt er auch gern die Perspektive eines Weitwinkelobjektivs, er hat Aufnahmen davon in einer Zeitschrift gesehen, überrascht, welche Möglichkeiten die neuen Apparate bieten. Er zieht die Gegenstände und Gesichter vorn ganz nah heran und öffnet nach hinten die Räume. Sie erhalten eine eigene Dichte und, nicht selten, durch die Verzerrung, eine Bedrohlichkeit. Die Flasche auf dem Tisch vorn im Bild mit dem grünen Zimmer gefriert zur Eissäule, das Paar kann seinen Blick nicht von ihr nehmen, als wäre die Flasche der dritte in der Liebesgeschichte, oder als enthielte sie den kondensierten Raum, den sie in ihrem Miteinander nicht überwinden können und den sie hassen und in dem sie Schutz suchen zugleich. Wie sie ihren Hass absitzen. Welche Hoffnung treibt sie?

Munch nimmt Zuflucht im Draußen. In dem, was nicht er selbst ist.

Es ist etwas mehr als noch ein Jahr bis zu seinem vollkommenen Zusammenbruch in Kopenhagen. Er steht auf der Kippe. Er will sich selbst helfen. Isst Haferschleim und Fisch; versucht, nicht zu trinken. Doch allzu oft gewinnt der Raum eine erschreckende Tiefe; der Tisch quetscht das Paar, das daran sitzt, bedrohlich nach hinten; die Tapete ist überdeutlich; alles ist verzerrt. Rot und Schwarz lodern roh und die Figuren bekommen aus Eifersucht und Leidenschaft grüne Krötenmäuler, rosafarbene Schweinsgesichter und gelbe Affenfratzen. Die Farbe wird fett aus der Tube gequetscht. Rot, grün, alles dreht sich. Der runde Tisch, auf einem anderen Bild, wächst wie ein widerliches Monster und quetscht das seinem Misstrauen ausgelieferte Paar auf das Sofa dahinter.

Er schlägt den Kopf gegen die Wand und malt.

Hier aber, auf dem Bild mit dem Birnbaum, auf dem Carl Nielsen den Hof fegt, ist die Tiefe freundlich, gewinnt dieser schmale Hof am Alten Strom 53 die Kraft einer eigenen Welt. Geschützt vom Betrieb auf der Promenade, am Hafen, an der Mole und im Ort. Munchs Refugium, an den Tagen, an denen er sich außerstande sieht, an den anderen Menschen vorbei zum Strand zu laufen. Wie groß wird sein Entsetzen sein, wenn er im kommenden Winter aus Berlin zurückkehrt, wohin er von hier aus immer wieder fährt, und den alten Nielsen tot im Haus auffindet, stinkend schon, verwesend. Er wird im Haus nicht bleiben können, er wird umziehen müssen, ein paar Häuser weiter. Die Anwesenheit der Toten ist zu groß in ihm, einen weiteren, noch dazu so frisch, so real, erträgt er nicht.

Aber noch ist das fern. Noch blickt er vom oberen Stockwerk aus dem kleinen Fischerhaus, das er gemietet hat, auf die roten Dachziegel der angrenzenden Dächer, auf die roten Backsteine und den prächtigen alten Birnbaum. Er hat es sofort gemocht hier, im Ostseebad Warnemünde; es erinnert ihn gerade so viel an Zuhause, dass es ihm angenehm ist, und unterscheidet sich genug, ihn nicht allzu wehmütig zu stimmen.

Die Menschen rufen sich mit kräftigen Stimmen ihren Gruß zu, als stünden sie auf Booten bei starkem Wind auf hoher See; sie bereden alles und ausführlich, so langsam und breit, dass er sie versteht. Das Licht hat an manchen Tagen die Helligkeit des Nordens, in dem Häuser und Bäume, Fischerkähne und Menschen gestochen scharf und plastisch erscheinen. Und überall gibt es die roten Klinker, die er mag. Hier, wo er auf sie schaut, auf den Dächern, öffnet sich der Himmel darüber und schenkt ihm Augenblicke des Glücks. Glück ist nicht gerade der Zustand, in dem er sich befindet. Er schleppt schwer an seinen Gespenstern und, schlimmer noch, an seiner schreienden Sehnsucht nach Berührung, die ihn vollkommen menschenscheu macht.

Oft sitzt er hinter der Gardine seiner Loggia und sieht den Kindern, Frauen und Männern draußen zu, beim Leben. Nimmt Briefe, Zettel und Notizbücher aus dem Koffer, den er immer mit sich trägt, in alle Städte, in alle Wohnungen, und liest, was er schrieb.

Die Pause, in der die Welt ihren Lauf anhält
Dein Angesicht enthält alle Schönheit dieses Erdreichs
Deine Lippen karmesinrot wie die kommende Frucht
Gleiten voneinander wie im Schmerz
Das Lächeln einer Leiche
Jetzt reicht das Leben dem Tod die Hand

Munch lässt das Blatt sinken, mit den Zeilen in seiner eigenen, zittrigen Handschrift. Er sieht durch die dünnen Gardinen in der Loggia des Hauses am Alten Strom hinaus auf die Passanten auf der Straße, auf die Warne, die in der untergehenden Sonne die Farben auf ihren Wellen tanzen lässt.

Er verbringt viel Zeit auf diese Weise, unsichtbar, neben ihm sein geliebter Koffer mit den Briefen und Notizen, den er immer, wohin er auch geht, mit sich herumschleppt, den er mitnimmt wie sein zweites Ich, ohne das er nicht ist, neben seinen wichtigsten Bildern, die er nicht hergeben will, die ihn begleiten, als wären sie seine Kinder. Immer wieder nimmt er die Aufzeichnungen aus dem Koffer, als könnte er sich so einer Kontinuität seines Daseins versichern, die er nicht immer so fühlt, die ihm oft innerlich wegbricht, obwohl er sie andererseits – und das weiß er mit einer messerscharfen Genauigkeit – in seiner Haut, seinem Körper, seinen Sinnen trägt, seiner Wahrnehmung.

Er erinnert sich an seinen Freund Stachu in Berlin, den verrückten Polen, wie er sich mitten im Februar, in einer eiskalten Nacht, splitternackt auf einen Stapel Holz im Hof gesetzt hatte.

„Was tust du?“, hatte er gerufen.

„Ich will das Mysterium des freien Geistes fühlen. Ich will mich über den Körper erheben.“

Über den Körper würde er, Munch, sich nie erheben. Sein Körper spricht eine eigene Sprache. Meldet Sodbrennen, Rheuma, Rückenschmerzen. Schmerzen, wenn das Wetter wechselt, im angeschossenen Mittelfinger. Was ihn beschäftigt, ist eine Dimension des Körperlichen, die man nicht sehen kann. Eine Art Vibration, die aus dem Seelischen in das Umfeld des Körpers tritt, und zugleich aus dem hervorgeht, was ein Mensch an Erlebtem und sogar seinen persönlichen Toten mit sich herumträgt.

Manchmal bleibt er auf der Straße stehen und starrt die Fischer an: Wie gesund und kräftig sie sind. Er läuft lange am Strand entlang und schwimmt im Meer. Isst Haferschleim und Fisch.

Er besucht spiritistische Versammlungen. Er wird sich selbst immer durchsichtiger. Er fotografiert. Das Haus am Strom, den Badewärter, die Boote im Abendlicht, sich selbst, sein Modell Olga, ihre Schwester Rosa, mit hochgerutschten Röcken am Strand, die Füße und die Knie, abgeschnitten.

„Nun schau mal ganz streng", sagt er zu seiner Haushälterin, eine hübsche schmale Person, mit klarem Blick und scheuem Mund.

„Sitz gerade", sagt er. Sie sitzt immer gerade. Er drückt auf den Auslöser.

„Und jetzt halt die Linse zu!"

Sie hält die Linse zu. Er drückt, läuft in die Belichtungszeit hinein zum Tisch, lässt sich auf den Stuhl fallen.

„Weg mit der Hand!", schreit er.

So ist er auf dem fertigen Foto wie eine durchsichtige Projektion vor der hinter ihm liegenden Holzwand in der Loggia zu sehen.

„Das ist verrückt", sagt sie, als er ihr das Bild zeigt. Der Tisch drängt die beiden in den Raum hinein. Vor seinen Gemälden läuft sie davon. Wie könnte sie sonst an einem Tisch mit ihm sitzen und essen?

Eine Zeit lang macht er immer neue Experimente mit seiner Kodakbox, mit den doppelten und mehrfachen Belichtungen, Fotografien, in denen er während der Belichtungszeit in das

Bild hinein und wieder hinaustritt, so dass er wie ein durchsichtiger Schemen darauf erscheint. Er will etwas optisch fassbar machen, als lieferte es ihm den Gegenbeweis zu seinem grauenhaften inneren Verschwinden, dieser ätzenden Auslöschung, die ihn immer wieder heimsucht.

Er fotografiert sich selbst vor seinen Bildern: Das Bild des kranken Kindes, hinten in der Mitte, vorne rechts das Bild mit dem alten Nielsen im Hof und links das Bild mit den Kindern in Warnemünde. Als er die Abzüge sieht, ist er hochzufrieden: Man sieht durch ihn hindurch die Bilder. Ich bilde einen Fries mit ihnen, denkt er, genauso will ich es: Kindheit, mittleres Mannesalter (ich), Alter (Nielsen). Nielsen mit dem Bart, der Mütze, dem leicht gebeugten Rücken.

In der Mitte des Lebens musst du fragen: Woher komme ich, wer bin ich, wohin gehe ich? Sonst bist du des Menschseins nicht würdig. Es wird höchste Zeit.

EINMAL HATTE ER MIT SEINEM VATER GESTRITTEN, über die Dauer des Lebens, der Ewigkeit, der Hölle.

„Tausend Jahre dauert sie", hatte er gesagt, „das ist entsetzlich lang."

„Nein", hatte der Vater entgegnet, „tausend mal tausend Jahre!"

„Das ist ja lächerlich, tausend Jahre sind doch schon entsetzlich lang!"

Er war damals dreizehn oder vierzehn Jahre alt, und tausend Jahre umfassten eine Zeitspanne, die er sich nicht vorstellen konnte.

„Du hast überhaupt keinen Begriff von der Ewigkeit", hatte der Vater gesagt. Seine Stirn hatte sich schrecklich gekraust, schwarze Linien, seine Augen hatten jene sorgenvolle, dunkelgrüne Färbung angenommen, die Edvard so gut kannte und fürchtete. Es war zu spät um einzulenken. Tausend Jahre Hölle für ein paar menschliche Sünden!

„Tausend mal tausend Jahre", hatte der Vater gereizt erklärt, „sind nur ein Bild, ein Ausdruck, die Veranschaulichung dessen, was der Mensch gar nicht denken kann. Philosophen und Theologen und Dichter haben sich den Kopf darüber zerbrochen, da werden wir beide es nicht so ohne weitere Anstrengung verstehen. Tausend mal tausend: Das soll heißen ohne Ende."

Das Wort „tausend" hatte angefangen, Edvard in den Ohren zu sausen. Unter seinen Lidern, die er vor Erschöpfung schloss, tanzten rote Punkte auf einer hellen Fläche. Das Gesicht des Vaters, das er so sehr liebte, hatte sich zu einer schmerzlichen Fratze verzerrt. Was musste er sich auch so entsetzlich über die Ewigkeit grämen? Wozu? Seit einer Stunde war er bereits dabei, seinem Sohn zu erklären, wie groß die Strafe für die Sünden sei, die man gedankenlos Tag um Tag beging, wenn sie in der Ewigkeit abgegolten würden. Einen Tag mehr für jeden sündigen Gedanken. Einen Tag mehr, noch einen Tag: so lange dauerte die Hölle.

„Jede einzelne an jedem einzelnen Tag dieser tausend mal tausend Jahre!", hatte er gesagt.

„Du willst mich doch nur klein kriegen!", war es aus Edvard herausgeplatzt. „Du willst mir die Ewigkeit androhen, damit ich pariere!"

Der Streit hatte eine seltsam kreisende, eiernde Form angenommen. Als schlingerten sie in einem Boot in einem Wasserstrudel.

Munch konnte sich jetzt nicht mehr genau erinnern, wie sich der Streit entwickelt hatte. Ihm fehlten die einzelnen Worte; er war sich sicher, dass er sie bereits in jenem Augenblick nicht mehr hatte hören können, weil alles ihm verschwommen war. Der Vater hatte zu schreien begonnen, er selbst hatte geschrien, und irgendwann hatte er es nicht mehr ausgehalten und war auf die Straße gerannt. Türenschlagen! Türenschlagen! Das hatte er schon immer gekonnt. Das hatte ihm der Vater beigebracht, das saß ihm in Fleisch und Blut.

Jetzt bewegt er sich durch die dunkle Zone seines Inneren, zum wer weiß wievielten Mal. Rot hat er sie gemalt, braun und gelb. Die Hölle. Im Schneckentempo bewegt er sich, als liefe er gegen einen schweren Widerstand in der Luft an. Er erlebt alles noch einmal. Die Rückkehr damals, als er nach langem Umherlaufen nach Hause gekommen war. Er erlebt alles noch einmal, bei klarem Bewusstsein, eigenartig vertraut und doch mit der gleichen Spannung wie damals, als wäre es tatsächlich das erste Mal, zugleich aber wusste er, dass es nicht so war. Es war betäubend und stechend, das Grauen schlechthin, diese Zwangsläufigkeit, mit der sich das Entsetzliche wiederholte. Es war unmöglich, den Ausgang der Situation als etwas beruhigend Bekanntes zu erleben, geschweige denn einzugreifen und den Ablauf zu verändern. Er fiel in die Pein des Jungen zurück, wie durch einen Tunnel, er war Edvard in der Pubertät, Edvard, der den Vater abgöttisch liebte und Edvard, der sich gegen den Vater auflehnte, einen ungeheuerlichen, unbegreiflichen, verstörenden Widerwillen gegen ihn wachsen spürte.

Als er damals ins Haus gerannt gekommen war, hatte er gleich die Treppe zum Zimmer des Vaters genommen und die Tür aufgerissen, bevor ihn der Mut und seine Sehnsucht nach Versöhnung wieder verließen. Der Vater hatte vor dem Bett gekniet. Er hatte den Oberkörper auf das Bett geworfen. Er hatte die Hände gefaltet und zur Wand erhoben, an der ein Kreuz hing. Er hatte geflüstert, geschrien und gemurmelt: Edvard hatte die Worte mehr geahnt als verstanden, mit denen der Vater heiße Gebete zum Himmel schickte.

„Vater“, hatte er leise gesagt. Doch er hatte schon aufgegeben. Er war auf sein Zimmer gegangen; hatte in einer eigentümlichen Versenkung Papier und Stifte hervorgeholt und den betenden Vater gezeichnet. Er hatte um sein Leben gezeichnet, so war es ihm damals vorgekommen; und er hatte um das

Leben seines Vaters gezeichnet, sein Seelenheil. Er hatte gezeichnet, um den Eindruck zu begreifen und um ihn loszuwerden, beides. Es hatte in seinem Kopf gebrannt, und in seinen Fingern; es brannte die Fläche der Hand, mit der er das Papier berührte. Er dachte an die Lampe, die ihr gelbes Licht auf das weiße Nachthemd des Vaters geworfen hatte. So lange war er fortgewesen! Dass der Vater schon im Nachthemd war! Das Licht war so mild, eine solche Milde hätten sie beide gebraucht. Das Licht, das Licht, das war die Rettung, Licht war Farbe, was sonst, Farbe war Licht. Also hatte er den Farbkasten genommen und die Farbe entschlossen auf die Zeichnung gesetzt: So kam ein wenig Milde für sie herein, für sie beide!

Damals hatte er das Bild betrachtet und war in seinen Kleidern eingeschlafen.

Jetzt holt er sich eine Flasche Cognac aus der Küche und trinkt.

WENN ER GENUG GETRUNKEN HAT, um sich selber auszuhalten, geht er zur Leinwand und fängt mit der Arbeit an.

Er probiert etwas Neues aus, mit dem alten Material, er deutet es immer wieder neu, er sucht es in immer neue Formen und Farben zu verwandeln, nur so trotzt er der Pein das Leben ab. Das hat er von Anfang an getan. Alles, was er erlebt hat. Dummerweise führt ihn das immer wieder zu den Verletzungen, die er erlitten hat, mit denen er nicht fertig geworden ist. Die Tragödie mit Tulla. Die Eifersucht. Das Betrogensein. Das Verlassenwerden. Ihre Grausamkeit.

Wenn ich dem Elend in mir freien Lauf lasse, denkt er, begreife ich vielleicht etwas und kann es hinter mir lassen. Ich mache es den anderen nutzbar, dann war es wenigstens nicht umsonst. Er glaubt es, es tröstet ihn.

Und so versucht er, der Ohnmacht auf den Grund zu gehen. Die Ohnmacht, die keiner denken will. Die Ohnmacht, in die ihn die Liebe versetzt hat.

Dein Angesicht enthält alle Zärtlichkeit der Welt –
es gleitet der Mondschein über dein Gesicht,
das voll von der Schönheit und dem Schmerz der Welt ist.

DER ANFANG. WIE SIE SICH ZUM ERSTENMAL GETROFFEN HATTEN. Mathilde Larsen, hieß es, Tochter des Weinhändlers Larsen, sieh dich vor, eine Frau mit Ansprüchen. Im Café, mit den Freunden, Krogh, Heiberg, Jaeger. Sie kam herein im eng geknöpften schmalen Kleid, die Brust flach eingesperrt wie eine Amazone, die Bewegungen im schwingenden Rock ungestüm. Über das Herrische darin hatte er hinweggesehen, oder, genauer, er hatte es gesehen, ohne es sich einzugestehen. Er gestand sich nicht ein, dass es ihm gefiel, ihn reizte, ihn anzog, diese ungeheure Sicherheit, wie sie sich dort vor allen Leuten gab, die Ungezwungenheit, die er nur von – sehr wenigen – Männern kannte. Das Burschikose ließ das verwirrend Weibliche an ihr noch mehr hervortreten. Wein für alle! hatte sie gerufen und ihr Hütchen auf den Tisch geschleudert (später wurden es übertrieben große Hüte mit Blumen, die sie über die Krempe wuchern ließ.) Das Ungezähmte an ihr lockte ihn, der helle, biegsame Hals, den sie beim Lachen freilegte, ein wenig vulgär, wie ein Hund seinen Hals dem andern, der sagen will: Ich unterwerfe mich. Ich unterwerfe mich, hatte Munch gedacht. Mathilde. Es war, als griffe sie in seine Knochen und holte das Mark aus ihnen heraus. Als nähme sie sein Herz und betrachtete es wie Salome das abgeschlagene Haupt Jochanaans, dein Körper, so weiß wie die Lilien auf dem Feld, liebevoll, verlangend und ohne jedes Bewusstsein, es ihm abgeschlagen zu haben, oder, in seinem Fall, das Herz ihm herausgerissen zu haben, das er malen würde als blutende Blume.

So wie Salome nicht wahrhaben wollte, dass die Lippen, die sie nun endlich küssen durfte, einem abgeschlagenen, leblosen Kopf angehörten. Das alles war Tulla. Mathilde.

Sie rührte an eine Lebenslust, fern, fern, in seinen allerersten Jahren, die er gekannt, vor dem frühen Tod der Mutter, eine Unbeschwertheit und Zärtlichkeit. Die Mutter, die ihn angesehen und gelacht, ihn an ihr Gesicht gedrückt. Tullas weiße Haut: als berührte er die Haut der Mutter, obwohl sie keinerlei Ähnlichkeiten mit ihr hatte. Es war nur das Gefühl. Das war ihr Leimpfad, ihr Lockmittel, ihre Macht, der er folgte, um einer noch größeren sich auszuliefern, der Macht ihrer vorbehaltlosen körperlichen Begegnung. Eine Nacktheit, in die sie ihn und sich hineinriss, mit ihren gierigen offenen Küssen, der unbändigen Zunge, die sich in seine Mundhöhle bohrte und windete bis in die letzten Winkel seines Hirns und seines Herzens. Sie nahm ihn wie die Huren im Bordell es in ihren besten Stunden taten, und er war hingerissen, das alles bei einer Bürgerlichen zu finden und ihre Enthemmung auf sich beziehen zu können. Und erschrocken.

Ein Schrecken, der ihn atemlos machte und den er mit Wein im Zaum zu halten suchte. Er beneidete sie um ihre finanzielle Freiheit. Ihre Verwöhntheit, ihren Glanz. Ihre eigenartige Hingabe.

Doch die Mutter hatte manchmal auch diese kalten abweisenden Augen gehabt. Manchmal. Das war ihre andere Seite.

Warum nahm man überhaupt eine Beziehung zu einem anderen Menschen auf? War es nicht besser, immer nur zu arbeiten?

MEINE MADONNA. Wie er neben ihr gesessen hatte, den Arm um ihre Taille gelegt. Wie es ihn bewegte, ihr so nah zu sein, jede Wimper konnte er einzeln sehen, jeden grünen Sprenkel in ihren Augen, die Zartheit ihres Haars, die durchscheinende Haut in ihrem Gesicht.

Er berührt ihre Lippen mit den Kuppen seiner Finger. Sie sind weich, warm, fest, er fühlt, wie sie zu lächeln beginnen, er fühlt ihre Bewegung, seine Finger zittern. Sie wendet ihm den Kopf zu und sieht ihn an, ihre Augen glänzen. Er legt den Kopf an ihre Brust und hört ihr Herz wild klopfen, ihr Haar fällt um ihn wie ein großer, schützender Vorhang, ihr Mund brennt auf seinem Nacken.

So bleiben, für immer, nichts sonst.

Wieder und wieder wird er das einzufangen suchen, diese Empfindung, diese Verschmelzung in Küssen, Umarmungen. Und die Leute werden schreien und die Männer werden ihren Frauen die Augen zuhalten, unmöglich! Diese Küssenden und Umarmenden und dann noch am Fenster, wo jeder sie sehen kann, unmöglich!

Dabei war die Liebe ein großes Gebet.

Der Kuss, 1895

DU BIST DIE FRAU, DIE DURCH DIE STRASSEN LÄUFT und alle Männer strecken ihre Hände nach dir aus. Du bist der Vampir, der mich aussaugt. Du bist die Frau, die voll Zärtlichkeit meinen Nacken küsst. Du bist mein Tod. Meine Liebe zu dir wirft mich in eine Einsamkeit, aus der ich nur durch den Verzicht auf dich hinausfinde.

Ich hasse dich.

Ich liebe dich.

Ich gehe ohne Ruhe in meinem Zimmer umher. Ich kann nicht malen, nicht zeichnen. Ich warte auf die Spannung, die eigene Stimmung, den Sprung, aus dem heraus allein ich arbeiten kann.

Du zerstörst all das.

„Du willst mir den Pinsel führen", sagt Munch.

„Nein", sagt Tulla und lächelt.

„Du lässt mich nicht in Ruhe arbeiten", sagt er.

„Nein", sagt sie.

„Was willst du?", fragt er.

„Ich will alles", sagt sie. „Ich will mit dir leben, mit dir reisen, ich will alles wissen von dir, was du denkst, was du fühlst, was dich bewegt. Ich will alles mit dir teilen. Ich will dir sagen, was ich denke."

Sie küsst ihn.

Er hat Angst zu ersticken.

Der Vater. Die pietistische Inquisition.
Die Aufgabe des hart erkämpften inneren Raums.

Du willst mir ins Hirn.
Mich manipulieren.

Die gespenstischen Augen der Mutter; sie waren nicht kalt, sondern ihm fortgenommen, es war sein Schock, als Kind, als sie ihre Augen nicht mehr aufschlug, auf dem Totenbett, und nie wieder danach. Manchmal muss er um die Erinnerung an ihre lebendigen Augen kämpfen, gegen die Augen der unterdrückten sinnlichen Lust. Bei aller Liebe des Vaters. Bei aller Zärtlichkeit. Gefesselte körperliche Leidenschaft. Da ist ein eingesperrtes Tier in ihr, das muss sie töten, das macht ihre Augen so starr. Nicht immer. Aber manchmal, unerklärlich und überraschend für den kleinen Edvard. Unheimlich. Dass ein Kind so etwa registriert! Oder ist es seine Phantasie? Hat er diese Augen vielleicht doch eher bei Inger gesehen, oder Tante Karen?

EINES MORGENS ÜBERRASCHT TULLA ihn im Atelier. Das Modell steht nackt neben dem Stuhl mit dem Korbgeflecht; er hat gerade angefangen, sie schweigen, es läuft sehr gut. Er geht mit der Farbe direkt auf die Leinwand.

Tulla stürzt herein, zerrt das Mädchen an den Haaren zum Paravent.

„Zieh dich an“, schreit sie, und schlägt ihr die Kleider um die Ohren.

„Hau ab!“

Das Mädchen sieht Munch an, nimmt ihre Kleider und rennt hinaus. Munch schweigt, sein Kinn bebt vor Zorn. Tulla baut sich vor ihm auf und zieht sich aus. Erst nervös und hastig reißt sie sich die Knöpfe auf, reißt fast die Ärmel von der Jacke, den Rock. Sie fixiert Munch, der immer noch schweigt. Sie verlangsamt die Bewegungen, spielt aufreizend mit den Verschlüssen ihres Mieders, öffnet es, reibt mit den Fingern ihre Brustwarzen, schiebt die Brüste hoch. Munchs Augen werden kalt und böse.

„Lass das“, sagt er gepresst. Er steht versteinert, Palette und Pinsel noch immer in der Hand. „Du hast überhaupt nichts begriffen. Du begreifst überhaupt nichts.“

Tulla lacht ihr vulgärstes Lachen. Sie löst ihr Haar, sie wiegt sich in den Hüften, immer heftiger kreist sie mit dem ganzen Körper.

„Mal mich“, schreit sie, „du brauchst keine Modelle! Komm, komm her, du mieser kleiner Künstler!“

Er legt Palette und Pinsel auf den Tisch, beherrscht. Unheimlich. Er zieht die graue Kitteljacke aus, hängt sie sorgfältig an den Haken.

Tulla tobt. Sie wirft ihm die Hüften ruckartig entgegen, außer sich.

Munch nimmt den Mantel, verlässt den Raum, schließt leise die Tür.

Ekel. Selbsthass. Erregung.

Noch mehr Ekel.

Sie peitschen einander hoch, wieder und wieder. Sie fallen übereinander her, Tiere. Die Geilheit einer Frühlingsnacht, wie er es nennt, wiederholt sich. Seltener: Die Liebe. Die Nähe. Die Zärtlichkeit und Weichheit des Anfangs. Das Verschmelzen ihrer Häute; die Aufgelöstheit, mit der sie einander liebkosten, seine Zunge in ihrem Mund, als wäre es ihre Vulva, seine Zunge in ihrer Vulva, als wäre es ihr Mund; seine Zunge überall in ihrem Gesicht, als wäre es ihr Körper; seine Lippen auf ihrem Bauch, in ihren Achseln. Ihre Lippen, still aneinandergelegt. Die Wellen der Lust, eine unglaubliche Wonne, anders als in den Bordellen, ganz anders, eine warme forttragende Lust, derer er sich dennoch schämt, mehr noch, als wenn er zu den Huren geht, was er nicht begreift. Eine Zartheit, fast kindliche Zärtlichkeit, aus der eine tiefe Erregung aufsteigt, in der sie ihre Brüste zusammenpresst und sie ihm zeigt, ihm zum Kuss anbietet. Eine Erregung, die ihn knurren lässt, hemmungslos stöhnend, die Hände auf ihren Hüften.

Das hatte es gegeben. Er malte es. Dieses Nacktsein. Das gab es manchmal wieder, überraschend, wie eine Pause im Krieg. Ein seltsamer Krieg, der zwischen ihnen entbrannt war. Erbittert.

Wie schämt er sich.
Wie hasst er sie.

„Du willst die Verschmelzung", sagte sie, „und dann schließt du die Tür zu deinem Atelier."

Sie wollte die Öffnung des Ateliers, der Gedanken, der Hose. Sie öffnete seine Hose, um seinen Kopf zu öffnen. Er öffnete ihren Schoß, um seine Gedanken verschlossen halten zu können. Ein entsetzliches Durcheinander. Sie gab sich hin, erschöpft von seinem Widerstand, und plötzlich tat er es auch. Sie erschrak, zog sich zurück, er tobte. Sie rannte fort, flirtete mit anderen. Vielleicht war es nie mehr als das. Er folgte ihr wie ein Hund. Sie trat ihn. Er wimmerte. Er klammerte sich um ihre Knie, sie schlug seinen Kopf. Er kroch mit dem Kopf unter ihren Rock, er grub sich zwischen ihre Beine, riss Stoff beiseite, ließ die Zunge in ihre warmen Hautlappen hinein, bis sie anschwollen und ihm die Feuchtigkeit über das Gesicht lief und sie schrie und sich fallen ließ. Haut und Haar. Er malte das alles, jahrelang, Bild um Bild, Mann und Frau, Frau und Mann.

Irgendwann ging es nur noch um Macht.

Er sperrte sie in seinem Zimmer ein und rannte ins Atelier. Er musste trinken. Er arbeitete wie besessen, alles, was hochstieg. Mutter und Tochter. Tod der Mutter. Landschaften in Gesichtern, Gesichter in Landschaften. Weiße Nächte. Licht in der Dunkelheit, Tageslicht, Nachtlicht. Farbe, Farbe, Farbe. Aufbrechende Linien. Fratzen. Kinder.

Und manchmal

kroch ihm aus Tullas Schoß eine andere entgegen: Milly.

Seine erste Liebe, Milly, kroch ihm entgegen, lächelte traurig, murmelte: Verräter.

In aller Kunst ist Verrat.

MUNCH ARBEITET IN DIESEM LANGEN SOMMER in Warnemünde wie besessen. Ununterbrochen skizziert er, verwirft, skizziert, sitzt in der Loggia und denkt nach. Er braucht eine neue Bewegung in der Kunst, etwas, das ihn weiterführt, noch radikaler werden lässt.

In Berlin hat er mit dem Marat begonnen, in großem Format, ein Ehepaar stand und lag ihm Modell, er nannte sie die Gräfin, ein zierlicher, rasanter Frauentyp, der Mann dazu etwas brutal; er hatte sie auch radiert, ihren spitzen, leidenschaftlichen Kopf.

Jacques Louis David – er hatte das große Bild des Franzosen im Louvre gesehen – hatte Charlotte Corday 1793 gar nicht gemalt, nur Marat, wie er erstochen in der Wanne lag. Das Beste an dem Bild war das Licht, fahl und spektakulär zugleich, und der Arm, wie er aus der Wanne heraus hing, wie im Augenblick des Sterbens erschlafft; man ahnte noch das Blut, das zirkulierte; in der Hand die Feder, mit der er schrieb. Charlotte Corday, Anfang zwanzig, intelligent und eigensinnig, hatte sich den Zutritt zu ihm erschlichen, vorbei an Marats Gefährtin, mit einem Bittgesuch, sie hatten sich vorher noch nie gesehen. Mit ihrem Akt hatte sie die Gräuel der Revolution aufhalten wollen, enttäuscht von der Schreckensherrschaft der Jakobiner. Für Jacques-Louis David aber war Marat der Märtyrer der Revolution.

Oder? War das Bild nicht irgendwie zweideutig? Säte es nicht Zweifel?

Munch macht neue Skizzen, er legt den toten Körper als Diagonale hin, links, rechts, schräg ins Bild. Die Frau dazu stehend, vorn, hinten, mittig. In Berlin hat er sie in eine rot gemusterte Bluse gekleidet und ihr ein Band um den Hals gelegt, Marat trägt einen dunklen Anzug, Herz und Hand blutrot. Den Tisch mit Obst nach vorn gekippt. Zu naturalistisch, findet Munch jetzt. Also die nächste Skizze, direkt in Öl, auf die Leinwand, beide sind nackt, nackt sind die Menschen einfach viel interessanter, die Farbigkeit reduziert, die Fläche reduziert, mit wenigen Linien modelliert.

Einmal hatte er ein totes Liebespaar radiert. Sie lagen nebeneinander, nackt, und aus der Matratze floss das Blut und bildete eine Lache am Boden, wie ein abgetriebener Fötus lag sie da.

Jetzt liegt nur der Mann da, ermordet von ihr.

Wenn er nicht daran denkt, steigt sie ihn ihm hoch: Die Nacktheit, die kindliche Verletzlichkeit, die ihn in die Liebe hineingezogen, in der Liebe überwältigt und sein Inneres freigelegt hat. Die er ausloten will wie die Malerei selbst. Ohne Rückhalt. Ohne sich auszunehmen. Unerschrocken. Manche wollen darin eine Philosophie sehen, eine Philosophie der Geschlechter. Er will eine Erfahrung zum Ausdruck bringen, die anderen hilft, sich selbst zu begreifen. Er malt Rosa, mit gesenktem Kopf, als weinendes Mädchen. Dann wieder Männer und Frauen, Frauen und Männer. Ineinander verschlungen, Küsse, bis zur tödlichen Verstrickung. Dreiecke der Eifersucht.

Manchmal hasst er sich so stark, dass es ihn erleichtert, weil es besser ist sich selbst zu hassen als sich von anderen gehasst zu fühlen. Es erleichtert ihn, und er trinkt sehr viel und läuft schreiend durch das alte Fischerhaus am Strom und schlägt den Kopf gegen die Wände. Und etwas in ihm gibt nach und er lässt sich auf den Boden sinken, legt den heißen Kopf an die kühlen Wände, er weint vor Sehnsucht danach, geliebt zu werden, und dann

vergisst er sich selbst

springt auf, geht zur Staffelei und arbeitet, *dass die Fetzen fliegen*, schreibt er, irgendwem. Bild um Bild entsteht. Die Liebesmotive von früher verlegt er in das grüne Zimmer eines Bordells. Vielleicht ist es auch die Kneipe in Berlin, in der Dagny, Stachu, Strindberg und er aus einem Eifersuchtsdreieck ein Viereck machten; vielleicht ist es auch das grüne Zimmer in Åsgårdstrand, in dem jener Schuss fiel, der ihn den Mittelfinger kostete, und von dessen Geschichte es so viele Versionen gibt, weil er sich nicht mehr erinnern kann, weil er es sich immer neu erzählen muss, und weshalb am Ende niemand wissen kann, ob sie oder er den Revolver hielt, ob Tulla sich tot stellte und alle Freunde ihn auslachten, als er angerannt kam, ob sie wie Salomé für seine Feinde tanzte, oder ob sie ihm sagte, dass sie sich nie wieder sehen würden ...

Was für eine Rolle spielte es schon, am Ende? Denn vielleicht ist es ein Zimmer, das es nur in seiner Vorstellung gibt, und in dem er den Hass des Betrogenen und die Enttäuschung des Liebenden lodern lässt, in Rot, Schwarz und Grün. In dem die Protagonisten, ihrer dummen, fleischlichen Begierde ausgeliefert, rosafarbene Schweinsgesichter bekommen, grüne Krötenmäuler und gelbe Affenfratzen. In denen ihre Gesichter bis zur Unkenntlichkeit sich in Farbflecke auflösen und sie nur noch eines buchstabieren können: *Die Eifersucht ist ein grünäugiges Monster, das unser Fleisch verhöhnt, eh es uns frisst.* Shakespeare, Othello, den kennt er gut, es ist sein Drama, verfolgt wie er sich immerzu fühlt. Von seinen Feinden in Norwegen, die seine Kunst ablehnen und denen, die ihm seine Liebe stahlen.

Vielleicht aber geht es nur um das Rot an dieser Stelle, und das Grün an jener, und die sonderbare Spannung, wenn sich in einer festumrissenen Form etwas durch Farbe auflöst. Vielleicht ging es sowieso immer nur um die verdammte Farbe.

TULLA LIESS NICHTS UNVERSUCHT. Zuerst war es ein Spiel, gedankenlos, neugierig, schließlich war Tulla sehr jung.

Eines Abends, sie waren unterwegs in der Stadt, sie saßen mit Freunden in einem Lokal, waren ausgelassen, redeten und tranken, da fiel es ihr ein, eine fremde junge Frau aufzufordern, bei ihnen am Tisch Platz zu nehmen, neben Munch. Sie selbst saß auf seiner anderen Seite. Die Fremde war hübsch, rundlich und rosig, das ganze Gegenteil von Tulla, die mit ihren langen Armen schlenkerte und harte, kantige Hüften hatte. Munch betrachtete die Fremde, halb verwundert, halb verwirrt, doch während er aß und trank, wurde er munter und verlor seine Scheu.

„Die kleine Frau H. findet dich schön", flüsterte Tulla und warf ihm glühende Blicke zu.

Der Champagner stieg allen zu Kopf, man ging auf die Terrasse, Lampions warfen magische Lichter, es wurde noch mehr Wein gereicht, eine Kapelle spielte auf.

„Tanzen Sie, tanzen Sie", forderte Tulla die kleine Frau H. auf, und sie tanzte wunderbar, graziös und langsam bewegte sie ihre Glieder.

„Lasst uns hinaufgehen", sagte Tulla wild und zog ihn und Frau H. an den Händen. Die beiden Frauen lachten. Seine Verwirrung wuchs. Sie gingen in die Garderobe für Damen.

„Ist sie nicht entzückend?", fragte Tulla und küsste Frau H. auf den Mund.

„Du solltest sehen, wie bezaubernd ihre Wäsche ist!"

Und sie begann, der kleinen Frau H. das Mieder zu öffnen.

Ihre runden, nackten Arme erschienen, ihr Busen wölbte sich, Tulla verschwand.

Sie sahen sich tief in die Augen, die kleine Frau H. und er, sie küssten sich und küssten sich und vergaßen alles um sich herum. Er zog sie auf ein Sofa, sie wollten sich nicht voneinander lösen. Tulla kam wieder und setzte sich dazu. Sie sah ihn an, er küsste Frau H., er konnte nicht aufhören, er war wie verhext, dann küsste er Tulla, sie senkte die Wimpern, doch ihre Lippen waren kalt.

Er erschrak, er wusste nicht, wie sollte es enden.

Er war der unbeholfene Mönch, wie mit siebzehn oder achtzehn, der am Strand ein großes Fest sah und nicht recht begriff, was da geschah, bei diesem sonderbaren Tanz des Lebens.

Was ist ein Mann? Was ist eine Frau? Wo berühren sie sich? Was ist ein nackter Mann? Wem zeigt er seine Seele nackt? Lag in einem nackten Körper etwas Naturwüchsiges, Wildes? War es das?

Ein anderes Mal erschien sie mit einem Maler, er selbst hatte Fieber, ihm war nicht wohl, die Welt drehte sich in seinen Träumen. Sie legte ihr fließendes Haar zu ihm auf das Bett, „öffne die Flasche Champagner“, rief sie dem jungen Mann zu. Der Korken ploppte, die Welt drehte sich schneller.

„Sieh nur“, sagte der Maler, „ich habe ihre Haarnadel!“

Er hielt sie hoch. Tulla lachte.

Alles verschwamm. Die Erde verlor sich im Weltall. Seine Wangen glühten wie schwarze Kohlen.

Ihre Augen waren böse Schlitze. Sie warf ihr rotes Haar. „Gute Nacht, mein Prinz, wir werden jetzt gehen!“

Alles war still, totenstill. Er saß allein auf dem Bett in der Dunkelheit, sein Bett war eine Folterkammer, er roch ihr schönes Haar. Er hörte sein Herz, ein Hammer in seinem Gehirn. Er starb.

Wie er durch die Straßen von Christiania rannte, von Paris und Berlin, Nizza, Rom, Florenz, überall dort, wohin er mit Tulla gereist war, in ihrem gemeinsamen Irrsinn. Er wollte die Künstler der Renaissance studieren, sie wollte spazieren gehen und nicht, dass er im Museum fremde Frauengesichter angaffte. Er fing zu trinken an, sie reiste ab, er fuhr ihr hinterher. Er versuchte, sie zu verlassen. Er küsste sie tief. Er sagte ihr Nein, wenn sie mit dem Heiraten ankam. Er arbeitete am Tanz des Lebens, den Küssen in den Sommernächten, den Küssen unter Bäumen, er radierte, zinkte und schnitt Holz.

Wenn sie nicht in seiner Nähe war, konnte er es nicht ertragen, er lief an erleuchteten Fenstern vorbei, starrte in Kneipen, suchte sie überall. War sie da, hätte er sich ihr vor die Füße werfen und sie küssen mögen, zugleich schrie er sie an, wie sie ihn quäle, ob sie das nicht sehe, und sie müssten sich trennen, er könne nicht arbeiten, und wenn er nicht arbeite, sei er kein Mensch.

Wenn Munch am Abend in seiner Loggia oder seiner Küche sitzt, wenn er lange geschwommen ist und gemalt hat und wenn er Fisch und Kartoffeln gegessen hat und Bier dazu getrunken, kehrt alles in ihm wieder. Er bleibt lange wach. Die Bilder lassen ihn nicht schlafen.

CHARLOTTE CORDAY, DIE MARAT ERSTICHT.

Munch malt Charlotte Corday, mager und aufrecht, das blutige Messer in der Hand, nicht wirklich zu erkennen, ihr Haar fällt rot und lang herab. Er lässt die Farbe über die Leinwand laufen, in Linien, die sich ausbreiten, wie Tränen, wie Blut, und durchkreuzt sie. Marat liegt erstochen im Bett, die Hand blutig, wie Munchs nach dem Schuss.

Aber. Sieht sie nicht traurig aus? Streckt er die Hand nicht zu ihr hin?

Und er malt Amor und Psyche, das Liebespaar. Psyches Augen dunkle Höhlen, Amors Rücken dunkle Striche. Zwischen ihnen, um sie herum, knappe Linien. Wellen und Vibrationen.

Maler malen nackte Menschen, weil der Körper das naturhafte Moment ist, willkürliche Bewegung, blankes Dasein in der Welt. Der Körper bindet uns an die Natur. Ist Natur. Weil er vergänglich ist. Weil er aufnimmt, ausscheidet und ein verwirrendes Eigenleben führt. Lust, Unlust, Rückenschmerzen.

Der Mann und die Transzendenz. Das alte Problem. Munch findet keine Antworten in spiritistischen Veranstaltungen, die Vorstellungen dort sind ihm zu konkretistisch, aufdringlich wie das Spiel der Kurkapelle. Das Übersinnliche ist eine philosophische Frage, eine sinnliche Empfindung, ein malerisches Problem. Auf der Leinwand löst er es, zeigt diese Vibrationen als Linien, zitternde, schwebende, kraftvolle, durchsetzte, nie durchgezogene Linien. Sie verbinden Liebespaare, stellen nackte Männer mit dem Meer in einen Zusammenhang, erzählen von den Toten, die einzelne Menschen mit sich herumtragen, die ein Teil von ihnen geworden sind. Ein räumliches, visuelles Ereignis: Das Land der Kristallisation. Gelb, Weiß, Blau, Rot. Pinselaufstrich, Konstruktion.

Munch hat keine Kinder. Meine Bilder sind meine Kinder, sagt er. Ich gebe sie nicht her.

Wer bin ich, fragt er, wenn ich nicht liebe oder arbeite?

Im Familienbad beobachtet er Väter mit ihren Söhnen. Sie spielen Ball, sie laufen im Wind, sie schwimmen im Meer. Sie kommen aus dem Wasser an den Strand. Der nackte Mann in meinem Kopf ist erst eine Skizze, denkt Munch.

Also beginnt er zu skizzieren, Jungen, Männer, Greise. Ich sehe die Jungen, ich sehe den Alten, der ich sein werde, der ich noch nicht bin. Der Mensch kommt aus dem Wasser.

Er sucht Umschreibungen für die Aura, die alle Gestalten wie eine farblose Flamme umgibt, er glaubt, er könne ihre Stoffwechselvorgänge darin sehen, er nennt sie: Vorgänge der Kristallisation. Er liest Goethe und Spinoza und erklärt sich den Zusammenhalt der Welt, der Menschen und Tiere und Pflanzen und sogar der anorganischen Dinge, und wie jeder eingeht in den großen Kreislauf der Natur. Doch wenn er malt, vergisst er all diese Gedanken; er folgt, wie er es Gustav Schiefler einmal erklärt, einer tiefen, musikalischen Empfindung.

Er hat eine solche Sehnsucht nach Berührung. Er säuft sie weg. Der Seemann in ihm liebt den Rausch, der Priester in ihm verdammt ihn. Das ist das elterliche Erbe.

Der kleinste Junge, auf allen vieren läuft er durch den Sand; der älteste Greis, zusammengesunken sein Körper, versackt im Sand, wird eins mit der Natur.

Munch nennt auch das: Kristallisation.

Jeder Künstler hat so seine Theorie.

TULLA HATTE SCHÖNE HOHE WANGENKNOCHEN, eine markante Nase und einen ausdrucksvollen, stets bewegten schmallippigen Mund. Ihre Augen wurden von großen Lidern halb bedeckt; es verlieh ihr selbst im Zorn eine abgründige Melancholie. Sie konnte sehr böse werden und aussehen, erniedrigend, hochmütig, doch diese großen Lider vermittelten zugleich etwas Wehrloses, Erotisches, Anziehendes. Jedenfalls für Munch. Er hasste seine Anfälligkeit für diese Augen.

„Nun", fragte Tulla manchmal, „was fangen wir jetzt an?"

Auch sie konnte eifersüchtig sein.

„Du warst nicht zu Hause gestern Abend", entfuhr es ihr. Und „verdammt", denn sie hatte sich verraten.

„Was willst du?", fragte er. „Ich war mit Krogh und Heibert zusammen, ich habe es dir doch gesagt." Freundlich. Mitfühlend. Er konnte das. Er konnte auch nichts dagegen; die Freundlichkeit und Wärme ihr gegenüber entstand, unabhängig von seinem Willen.

„Und wenn du doch bei deiner alten Freundin warst?"

„Ich weiß nicht, wovon du sprichst."

„Du behältst etwas für dich", wiederholte sie, „du willst es mir nicht sagen."

„Die Alten hatten recht", begann er, „wenn sie die Liebe mit einer Flamme verglichen."

„Du lenkst doch jetzt ab", unterbrach Tulla ihn, „ich kenne diesen Satz in- und auswendig."

„Wir kennen alles in- und auswendig“, sagte er, „was wir hier miteinander sprechen.“

„Trotzdem.“

„Denn die Liebe“, fuhr er fort, „hinterlässt genau wie die Flamme ...“

„... auch nur einen Haufen Asche“, ergänzte Tulla. „Na und? Soll ich mir jetzt die Haare raufen?“

Sie saßen fest.

„Es hilft nichts“, sagte sie. “Du behältst etwas für dich.“

Sie quetschte ein paar Tränen in ihre Augen. Sie konnte das gut. Leider wusste er auch das. Alles wussten sie voneinander, im Grunde hatten sie schon von Anfang an alles voneinander gewusst, aber nun war es noch offensichtlicher geworden, und manchmal hatte Munch das dumme Gefühl, sie konnten die Gedanken des anderen lesen. Was sie nicht daran hinderte, immer neue Wege zu ersinnen, dieser Offenlegung auszuweichen.

Plötzlich veränderte er seine Haltung. Er blickte sie versonnen an. Es sah so aus, als sähe er sie zärtlich an; hinter diesem Blick jedoch konnte er alles Mögliche denken.

„Ich bring dich um“, sagte sie. Ihr Gesicht hatte eine Spur Farbe verloren. Sie war kreidebleich und sah schön aus. Hasserfüllt, aber schön, dachte Munch. Schön, weil sie mir ausgeliefert ist. Weil sie mich liebt.

ZUM HERBST HIN FÄHRT MUNCH ZWISCHEN WARNEMÜNDE UND BERLIN HIN UND HER. Er mietet sich im Hotel Hippodrom ein, in Charlottenburg am Knie, und fährt mit der S-Bahn zum Theater in der Mitte der Stadt. Er ist aufgekratzt, er soll einen Fries schaffen, für die neuen Kammerspiele, im Deutschen Theater Max Reinhardts, das ganze Leben kann er ausbreiten, nach Herzenslust, Sommernächte, Ängste, Küssende und Liebe. Vorher schon hat er die Bühne für Ibsens *Hedda Gabler* entworfen, in leuchtendem Orange und Blau, die Bluse Heddas violett. Reinhardt war hingerissen, die Leute – nun ja. Er sucht Begegnungen, geht mit violettem Schlips und breitrandigem Hut ins Café Bauer Unter den Linden; doch oft sitzt er nur im Theater und schweigt und manchmal lacht er unbekümmert wie ein Kind und alle lieben ihn. Dann kann er das Hotel nicht bezahlen, der Galerist, Cassirer, muss ihn auslösen, die Stadt macht Munch nervös und er rettet sich in sein abgeschiedenes Leben in Warnemünde am Meer.

Er wendet sich weiter den Lebensaltern zu, denen des Mannes. So wie er die Frau in drei Stadien festgehalten hat, mehrmals, die Junge, die Mittlere, die Alte. Frauen haben ihn so sehr beschäftigt, er will nun einmal den Mann ins Auge fassen. Er zeichnet Knaben, junge Männer, Männer um die vierzig, die meisten wirken älter als er, und Greise. Er kommt, wenn der Badebetrieb fast zu Ende ist, im Sommer war es oft abends, im Herbst ist es schon mittags um zwei.

Wo am Strand darf man nackt sein? Am Strand der Badegäste darf man nicht nackt sein und auch nicht fotografieren. Er will nur Nackte. Der Mensch ist nackt wie er. Die Badegäste kommen in Kleidern und die Frauen tragen Sonnenschirme. Doch, es gibt einen abgetrennten Bereich. Für Sonnenanbeter, männlich. Der Badewärter steht ihm Modell, und er selbst. Der Sommer war regnerisch, jetzt ist es mild, die Saison dauert bis in den Oktober hinein.

Es ist nicht gut, die Arbeit mit den Fahrten nach Berlin zu unterbrechen, der Fries setzt ihn auch unter Druck, es spannt ihn alles sehr an, er muss viel trinken.

Die feierliche Eröffnung in den Kammerspielen des Deutschen Theaters findet ohne ihn statt, im Dezember 1907. Wie zuvor die Ausstellungseröffnung bei Paul Cassirer, dem Galeristen, im September. Er stellt mit Cézanne und Matisse aus, den bedeutenden Franzosen, und ist nicht dabei. Er schafft es nicht. Schiefler trifft ihn an, verwahrlost und verkatert; er hilft ihm aus, mit etwas Geld, und kümmert sich um seine Verträge. Überhaupt Gustav Schiefler, der Landesgerichtsrat aus Hamburg: Er findet günstige Spediteure, um die Bilder von hier nach dort zu bringen, lädt ihn ein zu sich nach Hause, kümmert sich um Munchs Verbreitung. Seine Frau Luise unterstützt ihn; gleich zu Anfang, 1902, als sie ihn bei Linde in Lübeck entdeckten, kauften sie eine Landschaft im Schnee und ein nacktes junges Mädchen, und seither vieles mehr. Bei ihnen fühlt Munch sich wohl; sie wissen ihn zu nehmen. Schiefler besucht ihn, wo er kann, mal findet er ihn in Weinlaune, mal in trostlosem Zustand. Sie gehen wandern, sie schreiben Luise lustige

Karten, Munch zeichnet den Freund und sich, sie bleiben immer per Sie.

Allmählich ist Schiefler besorgt.

Munchs Angst wächst. Er leidet an Halluzinationen, gerät in Prügeleien. Er bleibt in großer Einsamkeit in Berlin, dann kehrt er nach Warnemünde zurück, findet den toten Nielsen. Einmal liest er Schiefler Kierkegaard vor: *Meine Seele ist so schwer, dass kein Gedanke sie mehr zu tragen, kein Flügelschlag sie in den Äther zu erheben vermag. Wird sie bewegt, so streicht sie nur am Boden hin wie der niedrige Flug der Vögel, wenn ein Gewitter heraufzieht.*

Die Abstraktion, um Distanz zu gewinnen, kippt um, in eine noch größere Besessenheit.

Das Naturhafte in uns: Wenn ein Verlangen stirbt?

Er kann es nicht sterben lassen, es ist die Quelle seines Schaffens, so wie er sagt: Ohne meine Krankheiten, meine Angst, wäre ich ein Schiff ohne Kompass, mein Leben ohne Sinn.

Manchmal glaubt er, den Hass seiner alten Freunde zu spüren, als säßen sie hinter ihm und lachten ihn aus. Krogh, Heiberg und Bödtker, die ihn, wie er glaubte, alle mit Tulla betrogen hatten, die sie auf ihn gehetzt hatten, damit sie ihn am Malen hinderte. Er zeichnet böse Karikaturen von ihnen und schreibt ihnen üble Postkarten.

An guten Tagen sitzt er still in seiner Loggia hinter der Gardine und sieht hinaus, voll Zärtlichkeit für die Welt. Auch so hat er sich fotografiert, wie er da in der Loggia sitzt und auf die Welt hinaussieht.

Voller Zärtlichkeit zeichnet er eine nackte Mutter mit ihren nackten Kindern. Er wird es ihr kaum zeigen können.

Dein Angesicht enthält alle Zärtlichkeit der Welt – es gleitet Mondschein über dein Gesicht, das voll von der Schönheit und dem Schmerz der Welt ist, weil der Tod dem Leben die Hand reicht und eine Kette zwischen den tausend Geschlechtern der Toten und den tausend Geschlechtern die kommen werden, geknüpft wird.

MANCHMAL BERUHIGT SICH ALLES. Munch und Tulla gehen Hand in Hand durch die Straßen von Christiania. Sie besuchen Restaurants, essen allein, turteln. Sie besuchen Lokale, in denen sie die Freunde treffen. Führen einander vor. Hier, meine Schöne. Hier, mein begabter Künstler. Meine Gesellschaftsmieze, meine Salonsalomé. Mein Geliebter, mein Besitz. Sie lacht, er lacht. Sie lässt die Augen einen Moment zu lang in Heibergs Augen, nur so, zum Spaß, nur um zu sehen, was geschieht, und sie greift nach Munchs Hand. Munch erzählt von einem neuen Modell, aber er küsst Tulla aufs Ohr.

Das Karussell dreht sich weiter.

Ohne Erbarmen.

Die Jahrhundertwende erregt alle. Alle wollen ein wilderes, freieres Leben führen. Verkrustungen aufbrechen. Werden Verkrustungen aufgebrochen, zeigt sich das Leben, aber auch die Angst.

„Es ist zu Ende“, sagt er.

Sie sitzt, als hätte sie nichts gehört. Bürstet ihr Haar.

Er schreit, sie solle gehen.

Sie bürstet ihr Haar.

Er schlägt sie; sie lächelt.

Er schweigt; sie ritzt mit einem Messer in die Haut auf seiner Hand.

„Es ist zu Ende", sagt sie. Ist nicht zu sprechen. Verreist. Er kann nicht arbeiten, läuft durch die Straßen, sucht sie. Rennt zu jedem einzelnen, bei dem er sie vermuten kann. Er sieht sie in den Armen Heibergs, in Kroghs Bett, zu Jägers Füßen. Schöne Freunde. Er findet sie nicht. Die Freunde belächeln ihn, lachen ihn aus. Hyänen. Er trinkt, um die Bilder zu verjagen, doch die Bilder befallen ihn wie Pestbeulen, die inwendig in sein Hirn hineinwuchern.

Die Eifersucht hat ein grünes Gesicht. Ein rotes.

Wie er die Farben liebt!

Er kann nichts dagegen machen, obwohl er sich wehrt. Er kennt das schon, dass es ihn fortreißt. Er hat es bei Milly erlebt. Die erste Frau in seinem Leben. Drei Jahre älter als er, verheiratet. Mit seinem Vetter Carl.

Die Angst, verlassen zu werden, mitten in der Umarmung. Die Angst, ausgeschlossen zu werden, draußen zu sein, oder die Angst, eingeschlossen zu sein, drinnen, es kommt aufs selbe hinaus, ist ein Teufelskreislauf in ihm selbst. Nach draußen starren, auf den Tanz des Lebens, oder nach drinnen starren, wo die anderen etwas erleben, das er nicht teilen darf. Das ihm nicht zuteil wird. Glaubt er. Intimität, Nähe und Liebe.

Er macht *Das Mädchen und der Tod*, als Holzschnitt, als Litho. Der Tod tanzt mit dem Mädchen, er küsst es. Der Tod, das ist er selbst, und zugleich ist er das Mädchen, das vom Tod geküsst wird.

Er war gestorben in Millys Umarmung, weil er sie nicht ganz haben konnte, weil sie sich ihm nur hingab bis zu jener

Grenze, an der ihr Dasein als Ehefrau begann, weil die Eifersucht auf ihren Mann an seinem Leib genagt hatte wie das Ungeziefer an einem Kadaver. Er wollte das nicht noch einmal.

„Tulla“, murmelte er, auf der Pritsche im Atelier, und sein Körper brannte. War er noch er selbst beim Malen? Was war überhaupt dieses Selbst? Es war zu spät. War sie ihm nicht schon ins Hirn gedrungen wie er in sie eindrang mit seinem Glied? Er lag gerade wie eine Kerze, und er brannte am ganzen Leib, als wäre er nur Flamme. Sein Glied war gerade wie eine Kerze. Sehr fest. Sehr schön. Auf Tulla hinzeigend. Hinreißende, wilde, ungestüme Tulla. Tulla die Verborgene. Munch konnte viele Nächte nicht schlafen, ausgeliefert seiner Sinnlichkeit. Er trank, wie immer, doch anders. Er trank, um das Brennen nicht zu fühlen, und er brannte immer mehr.

UND DOCH HATTE ER ETWAS BEI MILLY VERLOREN. Er hatte Milly weinend im Arm gehalten. Sie hatte für ihn geweint, und über ihre eigene Schwäche, weil sie ihren Mann nicht verlassen konnte oder wollte, und eigentlich hätte doch er weinen wollen oder sollen. Stattdessen tröstete er sie, und dafür, dass er sie trösten durfte, liebte er sie noch mehr. Wie ihr Haar um ihre Schultern floss, an seinem Arm und Oberkörper entlang, ein Streicheln. Ihr Haar umhüllte sie und ihn, als wüchsen sie zusammen in ein Fell hinein. Sie hatte die Hände vors Gesicht geschlagen. Wie Pfötchen. Und wie Pfoten hatte er sie später mit der Nadel in die Platte geritzt. Und das Muster der Tapete in dem Zimmer, in dem sie sich heimlich getroffen hatten und geliebt.

„Unsere Liebe ist ohne Konsequenzen", hatte er gesagt, in Millys Haar hinein, „ich ertrage das nicht länger."

„Bleib bei mir", hatte Milly geflüstert und ihn hingebungsvoll geküsst.

Ein junger, junger Mann. Hineingestürzt mit seiner Naivität. Die freie Liebe, hatte er gedacht, von der nun alle sprachen in Christiania, in den Kreisen seiner Freunde, die freie Liebe gibt es nicht. Die Liebe macht aus mir einen Gefangenen.

Der Trost, 1896

IN BERLIN, ALS ER DIE DRUCKKUNST ENTDECKT, ein paar Jahre nach der Geschichte mit Milly, kratzt er die Alpträume, die kommen und in denen sich alte und neue Liebeswirren in ihm überlagern, auf die Platten. Eine nach der anderen, gekratzt, gerissen, geritzt, die Fläche immer neu befragend, die Perspektiven ständig verändernd, die Spannung zwischen freier und geritzter Fläche immer anders setzend, erstaunt über die Vielfalt der Möglichkeiten. Milly ist der Tod, der küsst, und Milly ist das Mädchen, das vom Tod geküsst wird. Und Milly ist nicht mehr Milly, und Edvard nicht mehr Edvard, in diesen Bildern, in denen etwas Eigenes, Neues, Fremdes entsteht, weit hinausgehend über dich und mich in diesem Zimmer, in dem wir uns heimlich und verzweifelt lieben, nicht wissend, wie eine solche Liebe hinübergeführt werden soll in das tägliche Leben. Das die Künstler wegfegen, als ließe sich das Problem auf diese Weise lösen, indem man es wegfegt, es oberflächlich als bürgerliche Konstruktion deutend, die über Bord zu werfen ist wie überkommene Manieren. Als ließe sich dadurch die Dimension der Zeit ignorieren, die in all dem steckt. Das tägliche Aufstehen und am Leben bleiben, in der Seele, im Leib, in den Dingen des Tages und der Nächte.

Er bearbeitet Kupferplatten. Kalte Nadel. Aquatinta, reine Ätzung.

Er versucht eine Flächentechnik, ohne Linien.

Das Figürliche tritt aus dunklem Grund hervor.

Das Figürliche kann zum Vorwand werden.

Er ist erfinderisch. Zersägt den Holzstock. Geht mit Tusche und Kreide auf den Stein. Präpariert Zinkplatten.

Legt Farben darüber, wie zarte Schleier.

Nimmt mehrere Steine dafür. Schwarz, Stahlblau, Bordeaux.

Mit den Farben nimmt Munch es genau. Er tobt, wenn sie nicht so werden, wie er es wünscht. Er zerstört ganze Auflagen. Kann sie nicht bezahlen. Dann tobt der Drucker.

Wohin mit all denen, die wir geliebt? Wohin?

Sie stecken in unserer Haut, sie haben unsere Haut gemacht, unsere Empfindungen. Sie umgeben uns wie eine Hülle. Das ist: Kristallisation. Ich male nicht, was ich sehe, ich male, was ich sah.

„ICH BIN SCHWANGER", SAGT TULLA.

„Von wem?", lacht Munch höhnisch. „Von Heiberg oder von Krogh?"

Und Munch macht die Madonna mit den Embryonen am Bildrand.

Er hat sie schon einmal gemacht, dieses Mal zeigt er sie; es ist ein wahnsinniger Skandal. Wir schreiben das Jahr 1900.

Tulla will die Ehe. Munch tobt. Er liebt Tulla, er liebt das Kind, und dafür, dass er sie liebt, hasst er sich. Die Abhängigkeit. Die Geilheit, aus der ein Kind hervorgehen soll. Er will kein Kind.

„Ich will kein Kind", sagt er. „Ich kann kein Kind haben. Meine Anlagen sind schrecklich, ich habe die nervöse Heftigkeit von meinem Vater, unsere Anlagen sind nicht lebenswert."

„Ich liebe dich", sagt Tulla, „es ist mein Kind."

„Meine ganze Familie ist verrückt", sagt er, „meine Mutter starb früh, wir sind zu schwach. Sophie starb jung, sie und Mutter waren schwach, sie starben an Tuberkulose, so heißt das, wenn du zu schwach bist für dieses Leben. Laura ist verrückt, du kannst sie im Asyl besuchen. Sie verbringt ihre Tage damit, aus dem Fenster zu starren, auf den Tisch, das Muster der Tapete. Mein Vater: Besessen, frömmlerisch, zu zart für einen Mann, unfähig, mit dem Geld umzugehen, mitleidig bis zur Selbstaufgabe. Jähzornig. Nein, nein."

„Du bist egoistisch", sagt Tulla.

„Ja“, sagt Munch, damit sie sich beruhigt, und weil er es denkt: „Ich bin egoistisch. Ich will malen. Ich kann nur das.“

Sie weint.

„Wenn du mich liebst“, sagt er, „dann gehst du weg.“

Ich bin egoistisch, denkt er und weint. Ich bin ein Mädchen, sie ist der Mann. Ein Mädchen ist Hingabe. Schwimmen in der Haut. Gleiten über die Haut. Sprechen mit der Haut. Ein Mann muss kontrollieren. Ich bin das Mädchen, das ich zeichne im Hemd. Es steht am Fenster und draußen ist helle Nacht, ein weiteres Problem von Licht und Nichtlicht. Der Lichtstreif, der von draußen hereinfällt, darf nicht betreten werden. Er ist der Abgrund, in den ich falle, kommt das Mädchen der Helligkeit entgegen. Dann stürzt das Mädchen, dann stürze ich, ich darf das Mädchen nur auf dem Papier sein, sonst kann ich vielleicht nicht mehr zeichnen oder malen, dann löse ich mich auf in diesem Liebenwollen und ich stürze, ich muss unbedingt sehen, wie ich die Flächen gegeneinander setze.

Er wird auch der Mann mit dem Zylinder, der in einem ähnlichen Zimmer auf dem Sofa sitzt und nach draußen starrt, allein, in die Mittsommernacht, Mondnacht, deren Licht das halbe Zimmer ausfüllt.

Und er teilt alles ein, den Raum, die Platte, die Leinwand. Ordnungen herstellen, Ordnungen zerstören. In Schwarz auf eierschalenfarbenem Karton, oder pudriges, reines Blau auf gebrochen weißem Papier. Molluskenweich kommt der Mann auf das Sofa, mit dem er verschmilzt, eingesperrt in sich selbst, und das Licht, das von draußen hereinfällt, durchbricht Munch mit einem Schattenkreuz.

„Ich habe kein Geld“, sagt Munch, „ich kann für ein Kind nicht sorgen.“

„Du brauchst kein Geld. Ich habe Geld.“

„Ja“, schreit Munch, „das Geld deines Vaters. Alles kannst du mit dem Geld deines Vaters! Wie stellst du dir das vor? Soll ich die Frau sein, und du der Mann?“

„Wie reaktionär du bist, Munch.“

„Für ein Kind ist es eine Katastrophe, wenn die Eltern nicht fest im Leben stehen“, sagt Munch. „Ich bin wie mein Vater. Er kam nicht zurecht. Nur in der Kunst –“

„Ich gebe dir eine Orientierung“, unterbricht Tulla. „Ich stehe fest im Leben.“

„Ich habe als Kind geschwächelt. Ich will das nicht weitergeben. Ich will mich nach niemandem richten. Ich will malen. Die Bilder sind meine Kinder. Andere will ich nicht. Lass mich, geh fort, mit dir kann ich nicht malen.“

„Aber Munch, sieh dir doch an, was du in den letzten Monaten geschafft hast!“

„Aber mit welcher Anstrengung!“

„Papperlapapp!“

„Du machst mich verrückt!“

„Ich! Ich! Ich! Ich höre immer nur Ich! Wie du um dich selber kreist!“

Tulla ist außer sich.

Munch ist außer sich.

Aber.

Tulla verliert das Kind.

Und Munch malt die Madonna, noch einmal und noch einmal, das Bild der Empfängnis, lustvoll der Blick der nackten

Frau, unheilig, und am Bildrand die schwimmenden Spermien und schwebenden Embryonen.

Unermesslicher Skandal.

Tulla verlor das Kind. Vielleicht war sie niemals schwanger. Zuvor aber nimmt sie ihm ein Versprechen ab, über das keiner von ihnen beiden jemals spricht. Niemals. Sie wird es ihm vorwerfen, er wird darüber klagen, Jahre später, in der Nervenheilanstalt.

Ich male nicht, was ich sehe, ich male, was ich sah.

ER GEHT NOCH WEITER IN DER ABSTRAKTION, macht lange, meterlange Linien, verschiedenfarbig, durchscheinend, es sind Schatten, Licht, Haut, Fleisch, Innenstruktur einer Figur und eines Raumes. Zugleich sind die Farben, die sie bilden, Ausdruck einer Befindlichkeit. Er ist berauscht von der ungeheuren Freiheit, die im Eigenleben der Farbe liegt. Er will das Innenleben und das Reale, die Seele und den Körper, und er bildet eine eigene Wirklichkeit.

Und er tanzt die Farbe auf die Leinwand, tanzt in offenem Hemd und hochgekrempelter Hose, barfuß. Und die Farbe gehorcht ihm, indem er ihr gehorcht, indem er sich ihr überlässt wie keiner einzigen Geliebten.

Es ist ein Taumel, den die Sauferei manchmal begünstigt. Das Saufen macht ihn dann frei, er lacht, es ist ihm wie eine kindliche Lust am Pinkeln, das Naturhafte, denkt er, ist in mir dasselbe wie in der Farbe, wir sind aus demselben Zeug; es ist seine Art sich zu verlieren, ohne sich zu verlieren wie in den Armen Tullas oder Millys oder irgendeines anderen Menschen. Eine Entgrenzung, in der er mit der Welt eins ist wie er es in seiner Erinnerung als Kind erlebt hat, bevor er eintrat in das grausame Reich der Trennungen: ich hier, Welt da. Mutter tot, ich am Leben.

Er nennt diesen Vorgang metaphysisch, er liebt es, für solche Vorgänge Worte zu finden, er sucht sie, Zeit seines Lebens, notiert sie, variiert sie, wie seine Bilder selbst. Der Seemann in ihm liebt den Rausch, der Priester in ihm – analysiert ihn. Sie zerren an ihm. Er skizziert sie. Er wird sie festhalten. Den Maurer und den Mechaniker. Den hellen Mann neben dem dunklen Mann.

Denn die Entgrenzung kann auch bedrohlich sein, dann schreit alles in ihm, wie früher schon, als die Berge, die Fjorde, die Wolken schrien, die Natur schrie wie die Angst, und wie die Farbe, das andere Naturelement in der Malerei, neben der Landschaft sozusagen, in Rot, Orange, Violett. Pigment und Öl und Befindlichkeit werden eins, gebannt und freigesetzt: Ein Schrei.

Kunst ist der Gegensatz zur Natur, schreibt er. Und: *Die Natur ist das einzige, große Reich, aus dem sich die Kunst speist*.

Er ist der Mann am Fenster.

Er kann nicht aufhören. Marats Tod, badende Männer, badende Jungen, Amor und Psyche, die Mörderin, mit grüner Farbe schreibt er, kaum sichtbar, *IM HELL* in das Bild hinein, in der Hölle soll das heißen, in seinem eigenwilligen Gemisch der Sprachen. Das ist Glück. Das ist Pein.

Und eine Revolution in der Malerei.

Gustav Schiefler, der Freund und Sammler, besucht ihn, staunt, wie schlank Munch geworden ist, Haferschleim und Fisch, lacht Munch, und wie produktiv, sagt Schiefler, sie plaudern aufs Wunderbarste, bis der Dämon wieder Besitz von Munch ergreift und er nicht aufhören kann, von diesem Weib zu reden, diesem Weib, das ihn zerstört hat. *Dein Angesicht hält alle Zärtlichkeit der Welt – es gleitet Mondschein über dein Gesicht, das voll von der Schönheit und dem Schmerz der Welt ist*. Auf einem Bild malt er sie gleich dreifach, wie eine Mehrfachbelichtung, die zugleich einer leichten Verschiebung arbeitet, wie sie sich aufspaltet in seiner ihn marternden Vorstellung, aber auch bei anderen in dieser Zeit: das geliebte, zärtliche Mädchen, die Hure, die ihn geil macht und verachtet, die Mutter, die ihn verließ ... und manchmal fegt er mit dem Pinsel über die unbearbeitete Leinwand, als wollte er das, was er malt, zugleich ausmerzen, verschwinden lassen, vernichten, bis er nichts mehr fühlen kann außer der Mauer, die seine eigene Angst ihm baut. Dann riecht er morgens um elf schon schwer nach Fusel. Doch wenn er den Pinsel in die Hand nimmt, sagt Schiefler seiner Frau, ist er der wunderbarste Mensch, den du dir vorstellen kannst.

Das Naturhafte in uns: unsere Sterblichkeit, unsere Fähigkeit zur Fortpflanzung. Unser Verlangen, unser Tod.

Er hat nun immer häufiger das Gefühl, neben sich herzugehen.

Der Mensch ist sein eigenes Fossil.

MANCHMAL DENKT ER AN INGER, GANZ UNVERMITTELT. Die Schwester Inger, hellblau ist ihre Farbe. Die Hände zusammengelegt, den Blick in die Ferne gerichtet, so sieht er sie oft am Fenster stehen. Streng im hochgeknöpften weißen Kleid. Hinter ihr das Meer, die Sonne im Gesicht. Ein verschlossenes Gesicht, und nie hat sie einen erhört.

IRGENDWANN WAR DIE TRENNUNG VON TULLA ERFOLGT, der Verlust des halben Fingers, das ganze Elend, und er hatte nicht gewusst wohin, und da war er zu Dr. Linde gefahren, nach Lübeck. Linde war freundlich, Lübeck gefiel ihm, die roten Ziegel, die roten Dächer, das Wasser, das Gemüt der Leute, das Bordell mit den sanften Mädchen. Max Linde. Linde hatte ihm schon einiges abgekauft. War mit seiner schönen, verhaltenen Frau Marie nach Berlin gekommen, um seine Bilder zu sehen, im Atelier in der Lützowstraße. Marie hatte Munch sofort an seine Schwester Inger erinnert, mehr noch an seine Mutter, wie ein Blitz, mit den vielen kleinen Kindern um sie herum. Diese verschlossene, unterdrückte Körperlichkeit, in der sie sich selbst nicht kennen wollte. Die ihr in den Augen stand, in den schmal gemachten, bebenden Lippen, die sich unvermittelt öffneten, weich wurden, um sich sofort wieder zu verbergen. Diese Dinge hatte er als Kind wahrgenommen, ohne sie benennen zu können. Als er Marie Linde gegenüberstand, wusste er es. Marie wusste es auch. Als er später ihr Porträt machte, sah sie ihn manchmal an, als bäte sie um Erlösung, und zugleich lehnte sie sich in diesen sonderbaren unerlösten Zustand hinein, in dem sie sich längst eingerichtet hatte. Wie hätte sie sich auch anderes vorstellen können? Manchmal vielleicht, in ihren Nächten, wenn sie umherging und den Maler durch die Wände hindurch spürte? Im Atelier in Berlin hatte sie es vielleicht geahnt. Lindes hatten jedenfalls beide die Bilder angeschaut, ernst, und genickt. Hatten die *Sommernacht* gewollt, und für die *Fruchtbarkeit* und den *Vorfrühling* tausend Kronen bezahlt. Tausend Kronen, das war ein ganzes Jahr.

„Was bleibt", hatte Linde später einmal im Bordell gesagt, zu vorgerückter Stunde, „was bleibt in der Kunst, ist das von uns nicht Gelebte. Das steckt in den Bildern, der Musik, der Literatur. Das, was Orientierung gibt. Oder, wenn dies unmöglich geworden ist, die Sehnsucht."

Linde hatte etwas Unglückliches und Geheimnisvolles, das sich hinter den rosigen Wangen des kultivierten Augenarztes verbarg. Max Liebermann, der Munch in Berlin zu Anfang sehr geholfen hatte und den Munch achtete, hatte Linde in seinem Porträt rote Bäckchen gemacht, fast ein bisschen feist. Ein bisschen fies. Satt malt satt anders, hatte Munch gedacht, als er es sah. Max Liebermann gehörte zur selben Gesellschaftsschicht wie Linde, den Reichen, wie Munch sie immer nannte; man sollte das nicht unterschätzen; er sah etwas in ihm, das Munch nicht interessierte, was er im Grunde verachtete. Diese Männer sahen das Leben anders als er. Munch aber wusste eines von ihnen: Sie wollten gesehen werden und dann lieber doch nicht, sie atmeten darin auf und wollten es schnell wieder vergessen.

Munch suchte etwas anderes in diesem Mann, Max Linde, der hin und wieder, wenn seine Frau einmal nicht an Migräne litt, am Klavier saß und Sonaten spielte, von Beethoven, still und ernst.

ER LÄUFT STUNDENLANG AM STRAND SPAZIEREN, die Hosenbeine hochgekrempelt, die Schuhe in der Hand, und beobachtet die Brandung, das Spiel der Wellen, den beweglichen Horizont, und er denkt daran, wie er in Lübeck auf die roten Ziegel geschaut hat, wie jetzt auf das Meer. Er fragt sich, welchen anderen Weg er nehmen könnte als den fort von den anderen, fort von der Liebe. Lindes Kinder fallen ihm ein, die vier Söhne, die er gemalt hat, in denen er ihren weiteren Lebensweg geahnt hat, überschattet von der traurigen Mutter, die am Tage bei zugezogenen Vorhängen durch das große, elegante Haus geisterte, und die sich in der Nacht zwang, nicht an ihre Leidenschaft zu denken, und schon gar nicht an ihn, an Munch. Arme Frau Linde! Erstickt in Konventionen. Mit dem feinsinnigen Gatten, dem klugen Augenarzt und Kunstsammler, der am liebsten zusah, wenn er, Munch, es mit den Mädchen im Bordell trieb. Ja. So war es. Der Künstler tut es für uns alle.

Die Mädchen im Bordell in Lübeck waren fröhlich und unkompliziert, dicke, gelassene Mädchen; er mochte sie; er verbrachte die Weihnachtstage mit ihnen, zum Entsetzen der beiden Lindes. Linde begehrte ihn, oder in ihm irgendeinen anderen Mann, zweifelsohne, vielleicht wurde er zu einem der Mädchen, mit denen Munch es trieb; all das war es, deshalb wollte er zuschauen. Zu Anfang hatte Linde sich geniert, hatte sich gequält, doch Munch, der vieles kannte, aus der Zeit der freien Liebe in Christiania, aus der Zeit in Berlin, mit Stachu und

Dagny und Strindberg, war ihm freundlich und diskret entgegengekommen.

Nur als Linde dann sein Porträt sah, nicht das große, repräsentative in Öl, auf dem er Munchs dunkelblauen Segleranzug trug, als wollte er in die Haut des Künstlers schlüpfen, das Porträt, auf dem er seine Weichheit offenbar gar nicht bemerkt und das er im Flur aufgehängt hatte, wo alle es sehen sollten, nein, nicht dieses, sondern die Lithographie: Da bereute Linde, sich so gezeigt zu haben. Denn Munch hatte ihn erkannt und gezeigt; mit seiner Verletzlichkeit, seiner Achillesferse, seiner gesamten zarten verhinderten geschlechtlichen Sehnsucht. Die genommen werden wollte, ein Mädchen sein. Diese zarte Haut, diese verlangenden Augen! Was für eine Verschwendung, von Lebenszeit und Kraft!

Linde hatte sich rächen müssen, und Linde rächte sich.

Dr. Max Linde, 1902

„WARUM GUCKST DU SO TRAURIG, ONKEL MUNCH?", fragte Theo, Lindes zweitältester Sohn, selbstbewusst und neugierig. Der sechsjährige Junge sah Munch oft beim Malen zu, wenn er die Staffelei im Garten aufgebaut hatte. Im Garten, in dem zwischen den gestutzten Buchsbaumbüschen Rodins Skulpturen standen, *Der Denker* und *Das eherne Zeitalter*, ein aufgerichteter nackter Mann in strengen Proportionen, sowie eine Kopie der *Venus von Milo*.

„Theo", sagte Linde streng, „so etwas fragt man nicht!"

„Warum denn nicht?", quakte Lothar dazwischen, der Jüngste, unbefangenste, das Kind in der roten Jacke, das immer ein Taschentuch mit sich herumtrug und nun staunend den mürrischen Gesichtsausdruck seines Vaters studierte.

„Lassen Sie sie doch", sagte Munch und trank seinen Cognac in einem Zug aus. Er lächelte Theo an und streichelte ihm über den Kopf.

„Ich habe schlecht geträumt, das ist alles".

„Ich möchte Sie bitten, nach dem Frühstück in mein Empfangszimmer zu kommen", sagte Linde angestrengt, „wir hätten da einiges zu besprechen, aber nicht vor den Kindern."

Nicht vor den Kindern, nicht vor den Kindern, dieser Unsinn, als ob die Kinder nichts begriffen. Er hatte alles begriffen, als Kind, und weil niemand mit ihm darüber hatte sprechen wollen, musste er es immer wieder malen, dieses Kind, das am Bett der toten Mutter Fratzen sah und Stimmen hörte und selber schrie. Das Kind, das fortan wusste, wer in der Umgebung sterben würde, das es sah und roch und den Tod gleich erkannte, wenn er noch zwei Ecken weiter angetrödelt kam.

Munch nickte. Er ahnte schon, was kommen würde. Linde wies ihn zurecht, er solle nicht so viel trinken, schon gar nicht gleich beim Frühstück, was für ein schlechtes Vorbild für die Jungen, die ihn doch bewunderten und verehrten. Er solle vernünftig sein und genügend schlafen, regelmäßig spazieren gehen und seine Arbeit tun.

Munch wurde zornig.

Er tat seine Arbeit, man sah es nur nicht. Er wanderte im Haus umher und sammelte die Blicke, die ihn berührten und einander nicht, er wanderte umher wie der Tiger im Zoo, das Tier, das sich die Reichen hielten, damit er für sie lebte, und die ihn nicht ertrugen, so wie er lebte. Sie fanden ihn nackt, wild und wütend. Weil sie sich selbst nicht ertrugen, in ihren heimlichen Gedanken, er sieht mich, wie ich bin, ich halte es nicht aus, dass mich einer so sieht, aber einmal, einmal, will ich so gesehen sein. Dabei zog er sich korrekt an, malte in Weste und Anzug, mit gesteiftem Kragen und gebundenem Tuch um den Hals.

Wanderte umher, eine Woche oder zwei, in dieser verrückten, ihnen unverständlichen und von ihnen angebeteten luziden Spannung, dann fing er an, skizzierte, malte, präzise, konzentriert. Das Trinken machte die Gesichte präziser. Das Trinken half, den ersten Eindruck des Gesehenen zu finden. Linde hatte bei aller Liebe keine Ahnung; er würde es ihm auch nicht erklären. Munch mochte Linde, doch er hasst ihn in diesem Augenblick. Er hasste ihn, weil er glaubte, ihm all das sagen zu dürfen, wie einem unmündigen Kind, nur weil er in seinem

Haus zu Gast war, ihm Geld gab, ihn aus dem Sumpf geholt hatte. Alle, die ihm Geld gaben, wollen ihn gängeln, ihn erziehen, es sei denn, er verkaufte ihnen fertige Bilder. Sie wollten ihn, wegen seiner Kunst, und dann wollten sie, dass er ein anderer wäre, einer, wie sie ihn sich zurechtgedacht hatten. Der sie nicht erschreckte oder unangenehm berührte.

Wie Kollmann, dieser Mephisto, der immer dann auftauchte, wenn er keinen einzigen Pfennig mehr hatte, mit der ausgestreckten langfingrigen Hand, das dünne, eifrige Männchen mit den freundlichen Augen und dem herrischen Zug um die Nase und die schmalen Lippen herum. Hundert Mark hier, hundert da, aus der Tasche gezogen und ihm hingehalten. Dann die Bedingungen. Weniger trinken, mehr malen. Dieses malen und jenes nicht. „Ich rate Ihnen", Munch imitiert im Innern die dünne Fistelstimme Kollmanns, „ich rate Ihnen dringend, die Porträts der Familie Linde freundlich zu gestalten. Nicht so erbarmungslos, Munch, ihr Blick auf die Welt ist zu hart."

Munch hatte ihn angegrinst, den Kopf leicht zurückgelegt, den Schnaps aus der Flasche getrunken. Zu ehrlich, wollte er wohl sagen. Kollmann hatte ihn Linde empfohlen. Munch würde Geld bringen. Munch beschäftigte ihn. Sein Blick auf die menschlichen Beziehungen. Die Frauen. Dieser Urwaldmensch bewegte ihn zutiefst. Wenn er doch etwas nachgiebiger wäre!

„Ich male, wie ich male", sagte Munch, „so und nicht anders."

Und er war aufgestanden und zur Tür gewankt, hatte sie zugeschlagen und war zur Neuen Wilhelmstraße gelaufen, um sich bei Stachu und Dagny zu erholen.

Bei ihnen hatte er sich beklagt. „Ich will zu keinem Mäzen. Wie stellt er sich das vor? Ich im Hause eines Sammlers? Und da malen? Ich kenne diese Sorte“, war er aufgebraust, und sein Mund hatte diese umgekippte Mondsichel gebildet, die seine Freunde an ihm kannten, wenn er böse wurde. „Es sind Geschäftsleute, Bankiers, Bauherren, manchmal erfolgreiche Ärzte, und sie sagen gern: Bei dieser oder jener Ausstellung habe ich das Bild zur Verfügung gestellt. Das ist meins. Mein Munch, sagen sie. Sie reden so, als wüssten sie alles über die Kunst und von der Kunst, und dann schlagen sie dir auf die Schulter und sagen: Na mein Guter, im Grunde sind wir doch alle Künstler, nicht wahr, jeder auf seinem Gebiet, hoho, schöpferisch tätig, nicht wahr. Und in ihren Köpfen rattern ihre schöpferischen Rechenmaschinen, und sie taxieren jeden, der reinkommt mit diesem Blick: Wie viel verdient er, wie viel Schulden, wie teuer sind seine Schuhe, was ist seine Stellung, was wird er einmal wert sein, was sein Einfluss, in dieser unserer ehrenwerten Gesellschaft. Und wie das rattert! Ich kann es hören. Und dann reden sie über die wunderbare Freiheit, die du hast im Leben. Was haben sie denn für einen Begriff von Freiheit außer dem, dass sie sich alles leisten können? Deshalb hängen sie ihre Frauen mit Schmuck voll. Damit es jeder sehen kann. Das ist wichtig. Dass alle es sehen können. Für die Lust gehen sie zu den Huren, aber die Gattinnen brauchen sie, für den Schmuck, den ganzen Plunder aus kaltem Stein und Gold.“

Und Dagny und Stachu hatten ihn angefeuert, mit Champagner, den sie wer weiß wo aufgetrieben hatten, und dann waren sie losgezogen, ins Schwarze Ferkel und hatten gelacht und getrunken bis zum Morgengrauen. Doch als Munch wieder allein in seinem Zimmer saß, hatte er sich geschämt. Kollmann meinte es gut mit ihm, er war überzeugt von ihm, er wollte ihn in Deutschland bekannt machen. Und Linde hatte ihm tausend Kronen gegeben für seine Bilder. Ich bin ein Idiot, dachte er, ein erbärmlicher Idiot. Er mochte Linde sogar, und seine Frau Marie. Was er in Wirklichkeit hasste, wogegen er so fürchterlich aufbegehrte, war die Abhängigkeit, in der er sich sah.

IMMER DIE FRAGE DER FREIHEIT! Munch, der die ganze Zeit den Blick auf die Bewegung der Wellen im wechselhaften Licht des stürmischen Nachmittags gerichtet hat und sie abspeichert nebenbei, erinnert sich an jenen Tag nach Lindes mahnender Ansprache, er erinnert sich daran, wie Linde den bestellten Fries fürs Kinderzimmer abgelehnt hatte, den schönen Märchenwald, nichts für Kinder, diese Küssenden, die wilde Landschaft! Der feine Mann keuchte fast. Die Farben erschlugen aber auch die weißen Empiremöbel, hatte Munch sich heimlich lustig gemacht.

Er sieht die roten Dächer in Lübeck vor sich, die knorrigen alten Bäume am Wasser, und wie sich das Wasser auf der Trave gekräuselt hatte und wie sich der Himmel darin gespiegelt hatte, zerbrochene Linien, phantastische Farben.

Er hatte den ganzen Tag am Porträt Paulines gearbeitet, das junge Mädchen, das er gebeten hatte, ein dunkelblaues Kleid zu tragen, Blau wie die Farbe der leuchtenden Lilie Dagny, leuchtend und ungebrochen, so wie er in dem Mädchen ihre später aufblühende Sinnlichkeit sah, ihren dunklen Eigensinn, den sie in eine gewöhnliche Existenz würde gießen müssen, mit einem Ehemann und vielen Kindern. Pauline hatte sich beschwert, dass er beim Malen kein Wort mit ihr sprach, er, der sonst ununterbrochen redete, wenn er ein Porträt anfertigte, als wollte er sein Gegenüber daran hindern, ihn mit Worten einzuwickeln, hinwegzutäuschen über das, was er sah, oder wer weiß, aus welchem Grund. Jedenfalls, dem jungen

Mädchen gegenüber war er schweigsam, und sie fürchtete sich vor dem kräftigen Mann mit dem Schnurrbart, der die Augen durch sie hindurch zu richten schien, wenn er sie ansah. Er selbst dachte an ein frühes Bild, das er gemacht hatte, einer Eingebung folgend, *Pubertät*, über diesen unglücklich halberwachten Zustand im Übergang zur sexuellen Reife, die Schwierigkeiten mit sich bringen würde, ohne Ende, die ihre Schatten vorauswarfen, wie die einer verstörenden Familienvergangenheit, voller Krankheiten, Irrsinn und Trauer. Das Publikum hatte sich entrüstet gezeigt oder hilflos gelacht. Es war ihm nicht gleichgültig, aber es spielte keine Rolle. Es war seine eigene belastete Jugend, die er damals hinter das schmalbrüstige, schüchtern zusammengesunkene nackte Mädchen als Schatten gemalt hatte. Er wusste, dass es all das gab, auch wenn die Menschen es nicht sehen wollten. Pauline hatte all das nicht, und indem er darüber nachdachte, ging er auf Distanz zu seinen eigenen Projektionen. Er gewann an diesem Nachmittag eine unerhörte innere Freiheit von sich selbst, die ihn beglückte, und er vollendete das Bild des Mädchens mit dem Gefühl einer tiefen ungebrochenen Lebensfreude.

Als Munch am frühen Abend zufrieden von der Praxis Lindes, in dessen Wartezimmer er nach der Sprechstunde mit dem jungen Modell hatte arbeiten dürfen, zurück in die Straße lief, in das Hotel, in dem er ein einfaches Zimmer für seine Arbeit gemietet hatte, kam sich vor wie ein müder Clown nach der Vorstellung, in den Augen die Frage nach seinem Recht, auf der Welt zu sein. In den Augen die Sehnsucht nach einer Mutter, einer Schwester, die ihre Hand zärtlich an seine Wange legt: Keiner weiß, weshalb die Blumen blühen. Als der Mensch noch ein Geschenk Gottes war, dachte er, war die Frage nach dem Warum eine Sünde. Und er zog sich im Hotelzimmer, in dem er Leinwände, Farbtuben, Pigmente, Pinsel und Öle aufbewahrte, den Kittel aus und die gute blaue Anzugjacke an, er band sich das Tuch um den Hals, rieb sich mit einem Lappen den Staub von den Schuhen. Er nahm die Schultern zurück, spürte sein Rückgrat leicht knacken und machte sich auf den Weg zu Lindes. Es regnete, der Wind schlug gegen die Mauern, trieb die zerfetzten Wolken über den Himmel und ließ das Wasser sich auf der Trave kräuseln. Das Licht war leuchtend, wie es nur an solchen Herbsttagen leuchten kann.

Das Leben ist richtig, das Leben ist falsch.

An jenem Tag beschloss er, Linde zu sagen, dass er geht.

HAUT, WASSER, SONNE, SAND.

Rhythmen aus Farbe.

Er hat eine große Ausdauer, trotz allem. Malt Ausschnitte des Meeres, der Wellen, blau, grün. Das Gegenständliche verschwindet fast. Auch Cézanne hatte die Badenden neu gesehen, ausgehend von solchen Details.

Hinter dem jungen Mann, dessen Gesicht er nur andeutet, es geht nicht um ihn, es geht um seinen Zustand, die Jugend, holt er das Meer, das in der Ferne an den Horizont reicht, nach vorn. Er verkehrt das Verhältnis der Horizonte. Er zieht die Wellen auf der Leinwand bis unter den oberen Bildrand hinauf, grün, blau. Ein verblüffender Effekt. Bis oben hin füllt das Wasser das Bild aus; als käme die Welle auf den Betrachter zu. Ein paar Badende, hellgelbe und weißliche Striche deuten sie an; der Junge groß, selbstbewusst, einfach.

Dieses Bild, *Jugend*, will er als Seitenfeld nutzen, wie bei einem Altar, das Gegenstück dazu das *Alter*, den stehenden alten Mann, fast nur noch als Umrisslinie, als könnte man durch ihn schon hindurchsehen, auf das Meer, bevor er sich auflöst, im Tod, und das Mittelstück sollen die kräftigen, badenden Männer bilden, die aus dem Wasser kommen, als Gruppe in Bewegung. Die Lebensalter des Mannes.

Er variiert die Motive, die blasse, sandige Farbigkeit, er macht auch ein Selbstporträt, vor dem blauen Himmel, etwas fremd, und auf einem weiteren Bild lässt er einen Jungen etwas abseits stehen und andere, die zusammen spielen, beobachten. Denn auch das ist ein Zustand der Jugend. Die einen sind mitten drin, und andere müssen abseits stehen.

Leben ist Licht und Bewegung, kritzelt er auf ein abgerissenes Stück Papier und stopft es in seinen Koffer zu den übrigen Notizen.

Und dann wieder überfällt es ihn.

Roh und wild drückt er die Farbe aus der Tube auf die Leinwand, füllt die weiße ausgelöschte Fläche in ihm, *lieber Kröte sein / Und von den Dünsten eines Kellers leben als ohne Desdemona sein*, die Kröte, die ist er, und dann dreht er es um, wie er die Verhältnisse des Raums im Bild verkehrt, das hält keiner aus, so zu sein und es durch eine Form zu bändigen, die Aufschluss geben soll über die Eigenarten der menschlichen Seele, und er malt die Hände des süßen Mädels im grünen Zimmer wie eine Pfote, Millys Pfoten, gute Hände, liebevolle Hände, die Pfote also ist grün, grün wie das Kleid, von dem es ein Teil zu sein scheint, wie der nackte Arm den nackten Bauch zu zeigen scheint, er verkehrt die Proportionen, noch einmal wird die Flasche riesig, sie starren darauf, das süße Mädel mit den dicken, entblößten Brüsten und der Mann mit dem angeschnittenen Profil, der roten, übergroßen dicken gierigen Nase, ein bisschen Komik im Detail, so, und dann überschwemmt ihn wieder der Hass auf seine Freunde, von denen er sich verraten fühlt, Heiberg, Krogh und Bödtker, und er macht Kröten aus ihnen, hässliche Hunde und schnuffelnde Schweine, wütend wirft er sie auf das Papier.

Ich werde verrückt, denkt er, Linde hat es gesagt, Dr. Linde hat ihn gewarnt, es wird alles noch schlimmer werden, und er fühlt es: *Die Spaltung der Seele bis zum Äußersten – bis zu den zwei Zuständen, die wie zusammengebundene Vögel in die jeweils andere Richtung zogen und mit der Auflösung oder dem Reißen der Ketten drohten.*

EINE SCHRECKLICHE UNRUHE BEFÄLLT IHN.

Das Wetter schlägt um, wird feucht und kühl, bringt Stürme und rheumatische Beschwerden. Der neue Vermieter hat eine so laute und grässliche Stimme, die Milch wird noch sauer werden davon. Ich will aber nicht aus dem Haus, ich kann nicht. Er schlägt den Kopf auf die Tischplatte. Er wünscht sich, nur noch diesen Schmerz zu fühlen, körperlichen Schmerz – bloß, um den in der Seele nicht fühlen zu müssen. Ausgerechnet, denkt er, wie sehr habe ich körperliche Schmerzen immer gehasst! Wie lange habe ich daran festgehalten, dass der Schmerz in meiner Hand, das abgeschossene Fingerglied, das Schlimmste wäre, das Tulla mir zugefügt hat! Das habe ich geglaubt, dass man den Liebesschmerz vergessen kann, nicht aber die körperlichen Gebrechen! Und jetzt?

Er betrachtet seine linke Hand; zwei Glieder des Mittelfingers fehlen. Er trägt an manchen Tagen noch immer die Lederbinde zur Unterstützung, wenn er mehrere Stunden lang die Palette oder die Kupferplatte halten muss. Wie viel Cognac hatte er nach der Operation gebraucht, um seine Schmerzen zu betäuben! Wie viel Whisky!

Alles ist eine im Gehirn eingegrabene Erinnerung an die körperliche Wahrnehmung in einem bestimmten Augenblick, bei einem bestimmten Ereignis. Immer schon hat er über diese seltsame Verbindung zwischen dem Körperlichen und dem Seelischen nachgedacht. Ein undurchdringbares Geheimnis, ein Rätsel. Er wird es auch jetzt nicht lösen können. Aber vieleicht kann er wenigstens aus der Misere mit Tulla heraus! Es muss doch einen Ausweg geben! Warum kann es nicht Milly sein, an die er denken muss? Wieso ist es ausgerechnet die herrische Tulla, die ihn wieder und wieder quält?

Er weiß es, das Entsetzlichste: Er vermisst sie. Auf allen vieren möchte er zu ihr kriechen.

Er nimmt Zuflucht in der Außenwelt. Er geht auf die Straße, mit dem Zeichenblock. Er stellt die Staffelei im Freien auf. Er malt die Bäume am Kanal, die Straße am Strom, vor seinem Haus, er hält sie fest und sich an ihnen, Arbeiter, Fischer, kleine Mädchen am Hafen, Kinder am Kanal. Doch er kann nichts machen, es zerrt an ihm: Er malt sich mit seinem Doppelgänger. Der Maurer und der Mechaniker, der dunkle und der helle Mann.

Und manchmal ist er von den Anstrengungen so müde. Der Rücken tut ihm weh, und so sitzt er still in der Loggia, verborgen von der durchschimmernden Gardine, und sieht hinaus.

Unterdessen wächst sein Ruhm in Europa wie ein ferner, vergessener Baum, den er in irgendeinem Garten gepflanzt hat, in dem er nur zu Gast gewesen ist.

IN DEN BILDERN MIT DEN NACKTEN MÄNNERN setzt er die Menschen sehr einfach horizontal, die Landschaft vertikal, in langen und kurzen Strichen, blau, braun, grün, gelb, weiß. Die Männer treten dem Betrachter entgegen, sehen ihn an, ihre Gesichter – individuell. Sie sind nicht heroisch, wie bei Hodler und anderen Malern. Munch sucht ihre, seine Wirklichkeit, wie er immer eine Wirklichkeit sucht, wie auf dem Fries, den er für Reinhardt gemacht hat, wie auf dem, den er für Linde malte. Die Figuren wachsen aus dem Sand heraus. Der Strand, das Meer als Bindeglied. Die Wellen verselbständigen sich zu gestrichelten, schräg gegeneinander gesetzten Flächen. Nichts sonst. Figuren hier und dort, ein Rhythmus.

Doch nackte Männer erregen Anstoß. Vor allem, wenn sie breitbeinig offen auf den Betrachter zukommen. Mannshoch. Die Bilder können in Hamburg nicht gezeigt werden, auch in anderen Städten scheut man davor zurück. Munch will unbedingt seinen Altar der Lebensalter zeigen. Schiefler setzt sich für ihn ein, versucht zu vermitteln. Weibliche Akte, gut, aber nackte Männer, lieber nicht, und solche schon gar nicht. Die Landschaften, gern, auch Munchs wunderbare Gravüren, aber diese hier, das geht nicht.

AUCH TANTE KAREN HATTE IMMER GESAGT, komm, Kind, du darfst mir alles erzählen, dann war sie bleich oder rot oder zornig oder bestürzend traurig geworden, hatte er ihr gesagt, was ihn wirklich beschäftigte. Er hatte sich dann angewöhnt, ihr alles mögliche zu erzählen, das ganz echt und wahr aussah und ihm einen geheimen Innenraum beließ, in den weder sie noch der inquisitorische Vater eindringen konnte, dieser grauenhafte, protestantische Gewissenserforscher, den er so liebte und der so wunderbar Geschichten erzählen konnte. Und doch spürte er diesen Zugriff wie spitze Nägel im Rücken, wenn er den Pinsel und die Palette in die Hand nahm, wenn er innerlich darum rang, seine Empfindung freizulegen, gegen diese Inquisition, gegen das halbherzige „ich verstehe dich doch" der Tante, die ihn großgezogen, unterstützt und zur Malerei ermutigt hatte. Vor allem gegen die Welt da draußen, die ihn verfolgte, die Malakademie, die Kritiker, und die, die sich seine Freunde genannt und ihn doch verraten hatten. Deren fratzenhafte Seelen wie die Übersteigerung der besitzergreifenden, jähzornigen Seite seines Vaters waren.

Um sein Leben hat er immer gekämpft, um sich gegen all das durchzusetzen. Er läuft lange am Meer entlang, gegen den Wind, am Leuchtturm vorbei, immer weiter, dorthin, wo keine Menschen mehr sind, in seinen Ohren eine Höllenmusik, wie schon früher manchmal, in seiner Jugend, bis er sich fallen lässt, erschöpft, in den nassen Sand. Man wird ihn nicht verstehen. Es hat keinen Sinn.

DAS ENDE.

Die Hand, mit der er die Palette hält, die linke Hand ist zerstört. Sie puckert, sie heilt schlecht, er trinkt.

Vielleicht hat sie mich nie geliebt, denkt er, nur die anderen.

Das ist das schwärzeste Loch.

DER SCHLAFWANDLER IST VOM DACH GEFALLEN, er liegt zerschlagen, zerborsten, zerschellt am Boden. Er sieht in den Himmel, über ihm die Krone des Kastanienbaums. Die Blätter sind grün, die Blüten weiß. Die Blätter werden immer grüner, kreischend grün, sie lösen sich von den Zweigen und beginnen, in den Himmel zu stürzen, die Blüten werden immer weißer, greller, sie zerfallen und schreien wie Möwen. Er will sich die Ohren zuhalten; er hört einen Mann schreien, die Passanten bleiben stehen und starren ihn an: Er selbst ist der Mann, der schreit.

Scham. Scham bis ans Ende meiner Tage, denkt er, der, der in ihm nicht schreit. Der, der schreit, kann gar nicht denken. Das Geschrei ist so laut, er hält sich die Ohren zu.

Immerzu sieht er Paare, Arm in Arm. Überall sieht er rote Lippen, die sich küssen, Augen voller Verlangen. Was macht es schon, wenn einer stirbt.

Sein Körper zerfällt, Begehren ohne Ziel. Nur das eigene Blut in den Ohren rauscht.

Er rappelt sich auf, irgendjemand hat ihm geholfen, ich muss mich konzentrieren, ich werde bedroht, Männer auf der Straße verwandeln sich in schwarze Vögel, Falkenaugen, Vogelbeine. Ich muss alles fester ins Auge fassen, dann sehe ich es richtig. Ich will ein Bild des ganzen Lebens, aller Altersstufen. Ich war ein Junge und habe mich wie ein Mädchen gemalt, das sich die Ohren zuhält, am Totenbett der Mutter. Ich bin ein Mann.

Der Junge auf allen vieren ist dem Sand ganz nah; der Greis ist ein Umriss, sein Körper hat selbst die Farbe des Sandes. Er sackt hinein in den Sand, er wird eingehen in den kristallbildenden Kreislauf der Natur. Ich begreife das alles, ich sehe es, ich kann es darstellen; warum quält mich dann so sehr die Frage, was ein Mann ist? Sie trübt mir den Blick. Die Köpfe sind gebräunte Masken, von der Sonne, schwarze Augenhöhlen, oder, wenn sie in die Sonne hineinsehen, gar keine, Bärte, ungebrauchte, herabhängende Geschlechtsteile. Der Mann ohne Erregung. Der Mann ohne Arbeit. Der Mann beim Baden, der Mann, der aus dem Wasser kommt. Der Mann in meinem Kopf ist eine schwache Skizze, nicht mehr.

EINES MORGENS WACHT MUNCH AUF. Er weiß nicht, wo er sich befindet. Sein Kopf ist schwer, die Lider verquollen. Nach und nach erkennt er eine Wand, die ihm bekannt vorkommt. Sie ist grau. Sie besteht aus Holzstreifen. Die Augen tun ihm weh. Er kann seine Beine nicht bewegen. Er atmet schwer, hebt den Kopf. Er sieht eine Tür, den Tisch, begreift, es ist die Küche, im Haus in Warnemünde.

Jetzt sind wir glücklich an einem toten Punkt angelangt.

Zähne werden zusammengebissen. Hass wurde geboren, vor langer Zeit. Das Mittelklassemädchen und ihr Lakai. Die Salonsalomé und ihr Knecht. Die Millionärsschlampe und ihr Narr.

Er trinkt sich in das Herz der Rache hinein.

IM HERBST 1908 SÄUFT EDVARD MUNCH in Kopenhagen vier Tage und Nächte lang mit seinem Schriftstellerfreund Mathiesen durch und bricht zusammen. Vielleicht sind es auch sieben. Er kommt in die Nervenheilanstalt von Professor Jacobson.

Nach dem Aufenthalt in der Klinik wird Munchs Lebens niemals mehr wie vorher sein.

II

Nervenheilanstalt Kopenhagen

Porträt von Professor Daniel Jacobson, 1908

Melancolia. Laura, 1899

Das traurige Mädchen (Das blaue Mädchen), 1904

Zwei Menschen / Die Einsamen, 1905

DER WINTER IST GLÄSERN UND BLAU.

Gespräche, Diät, Alkoholentzug, Elektroschocks.

Bald wird Munch lange Spaziergänge durch den Klinikpark machen. Seine hohe Gestalt zwischen den Bäumen. Er wird den langen, zweireihigen Wollmantel und die hohe Fellkappe tragen, sein Gesicht schmal. Er wird schön aussehen. Durchsichtig.

„Erzählen Sie von ihr, ich werde Sie nicht unterbrechen."

Und er erzählt. Von ihrem schönen langen Haar, von ihrem energischen Gang und ihrer verrückten Liebe zu großen Hüten, ihrem Wunsch, ein Kind mit ihm zu haben, und ihrem schmallippigen, aber ausdrucksvollen Mund, und von ihrem ewig dauernden Streit. Von ihrer Besessenheit, alles von ihm wissen zu wollen. Von ihren Launen. Von ihrer Macht über ihn, ihrer körperlichen Macht. Von seiner Panik, nicht arbeiten zu können, wenn sie so sehr Besitz von ihm ergreift.

„Sie müssen mir helfen", sagt er.

„Aber wie?"

„Sie kommt immer wieder und quält mich mit der Vergangenheit."

„In Ihrem Kopf?"

Munch sieht ihn irritiert an.

„In meinem Kopf? Wie meinen Sie das?"

„Es ist eine Vorstellung von Ihnen, dass diese junge Dame wieder kommt, sie steht nicht wirklich vor ihrer Tür."

Munch schweigt. Er dreht das Gesicht zur Seite.

„Sie können es nicht unterscheiden?“, fragt Dr. Jacobson versuchsweise neutral.

„Ich kann es nicht ändern. Sie wollte mich an sich binden, mit allen Mitteln. Und gleichzeitig hat sie es mit allen anderen getrieben, nur um mich zu ärgern. Um mir zu beweisen, wie stark sie war. Durch halb Europa bin ich geirrt wegen ihr.“

Er dachte an seine Armut, als er in Berlin lebte und oft wegen zehn Kronen einen Bettelbrief an die Familie nach Norwegen schrieb.

„Wir werden an Ihrer Vorstellung arbeiten. Für heute ist es genug.“

Munch sitzt in seinem Zimmer. Es ist eins der größten, die das Frederiksberg Hospital zur Verfügung hat, ein neuer, schöner Bau mit einem großzügigen Klinikgarten. Ein feines Sanatorium, keine Irrenanstalt. Nach den ersten Wochen, in denen nichts möglich war, in denen Munch schlief und sich erbrach und schlief und wimmerte, in denen er Schüttelfröste wegen des Entzugs hatte und keinen Menschen ertragen konnte, hat Dr. Jacobson dafür gesorgt, dass Munch es bekommt, dieses Zimmer mit den großen Fenstern. Dass er es zum Atelier machen kann. Genau genommen, als er sah, dass Munch die Wand in seinem Zimmer mit einem Bleistiftstummel bearbeitet hatte, mit kleinen grotesken Zeichnungen.

„Ich kann nicht anders“, hatte Munch gesagt, „ich sterbe sonst.“

Bett, Tisch, Waschkommode, Stuhl, ein Ofen in der Ecke, ein schmales Kanapee und vor allem Platz, für die Staffelei, die Blöcke, die Farben. Die Wände füllen sich schnell, Dr. Jacobson hat auch dies erlaubt, er begreift leicht, dass es Munch einen Halt gibt. Die Schwester überreicht ihm ein Päckchen kleiner Nägel.

Dr. Daniel Jacobson, der angesehene Arzt und Psychiater, hat als junger Mann beim berühmten Dr. Charcot in Paris studiert, in der Salpêtrière, und viel über das Wesen der Hysterie gelernt. Er hat sich auf Künstler spezialisiert; sie interessieren ihn. Er weiß, dass man ihre Krankheit anders behandeln muss als die von anderen, die delirieren, apathieren oder neurotisieren, wie der Arzt es für sich hin und wieder nennt. Es ist ihm eine Ehre, Munch bei sich zu haben; der Zufall will es, dass Munch drei Tage nach seiner Einlieferung den Königlich Norwegischen Sankt Olav Orden erhält, was dem Künstler in seinem Zustand völlig gleichgültig ist. Sein Freund, der dänische Dichter Emanuel Goldstein, hat ihn empfohlen. Goldstein, der Munch seit den Achtziger Jahren kennt, als sie sich in Saint Cloud bei Paris begegnet sind, hat Munch zu ihm gebracht und dem Arzt kurz Bericht erstattet. Von der tagelangen Sauftour, Whisky, Cognac, Tabak, von früheren Versuchen Munchs, vom Alkohol fortzukommen. Von der Überfahrt. Auf dem Schiff, das Munch von Lübeck nach Kopenhagen genommen hatte, habe Munch sich mit einem Mann unterhalten, der große Flügel, Vogelkrallen und einen riesigen Schnabel hatte, ein Psychoanalytiker aus Wien, wie Munch steif und fest behauptete, obwohl er ihn zunächst für den Knopfgießer und sich selbst für Peer Gynt gehalten habe; sie hätten sich über Nähmaschinen und Regenschirme auf einem Seziertisch ausgetauscht, wirres Zeug, auch wenn es sich auf den Dichter Lautréamont bezog, denn Munch hatte die Nähmaschinen als beseelte Wesen sprechen hören, sie erzählten ihm von bösen

Herren, aus Christiania, die ihm auf den Fersen seien, die ihn fertigmachen wollten, und deren Hosenbeine Munch mit ihrer Hilfe unbedingt aneinandernähen müsste. Dr. Jacobson hatte zugehört, interessiert die Augenbrauen hochgezogen und Soso gesagt. Vorerst aber keinen Besuch, hatte er Emanuel Goldstein gebeten und dankend verabschiedet, ich melde mich bei Ihnen. Zwei Tage später las er in der Zeitung: Norwegischer Maler verrückt geworden.

An den Wänden hängen Zeichnungen, an den Wänden lehnen seine Kinder, die Bilder, die ihn überall hin begleiten, die, die er niemals verkaufen wird. Das kranke Mädchen als Lithographie, eine Landschaft, die Madonna. Neue Sachen kommen bald hinzu. Nachdem Munch viele Wochen nichts anderes getan hat, als viel und gesund zu essen und mit zwanzig anderen Patienten in einem riesigen Saal still im Bett zu liegen und über sich selbst zu brüten, ist er nicht zu bremsen. Was sich in seinem Kopf angesammelt hat, will heraus. Zeichnen, radieren, zerknüllen, von vorn anfangen, Skizzenbücher füllen, mit der Kohle, mit dem Bleistift, allerdings nicht zu viel Malerei. Die Malerei ist zu eng mit dem Trinken verbunden, es erscheint dem klugen Arzt besser, dass Munch ein wenig Abstand davon bekommt. Auch wenn es ihm nicht passt. Der Däne ist eine Kapazität auf dem Gebiet psychischer Krankheiten.

„Zeichnen Sie“, sagt Dr. Jacobson, „Zeichnen klärt den Kopf.“

Und Munch zeichnet. Für ihn gibt es keine Unterbrechung der Arbeit, es gab nur die vorübergehende Unfähigkeit, den Pinsel ohne Zittern zu halten. Schon lange schwebt ihm ein Zyklus vor; während er äußerlich ruhte, ist es ihm wieder eingefallen, hat sich in ihm festgesetzt, eine Blattfolge über die ersten Menschen, Adam und Eva. Schon vor zehn, zwölf Jahren hatte er angefangen, Männer und Frauen zu zeichnen, die in einer Art ursprünglicher Nacktheit und Natur beieinander saßen; wieder und wieder hatte er an männlichen Rückenstudien gearbeitet, mit denen er nie zufrieden war. Er hatte Situationen gesucht, die einfach und klar sein sollten, doch dabei das Komplizierte der Liebe einfingen. Mann und Frau, die zusammen in den Wald gehen, Mann und Frau, die zusammen ins Meer hinausschwimmen, Tiere, die auftauchen und sie gefährden, wie die Schlange, mit der der Mann ringt – wie mit seinem eigenen Trieb –, während die Frau zusieht. Vor dem Trieb, der ihn überwältigte, hatte er damals Angst. Die Sexualität war ein so großes, fundamentales Thema für ihn, nicht allein für ihn, auch andere setzten sich damit auseinander; es lag in der Luft; doch er hatte immer das Gefühl gehabt, dafür ein besonderes Organ zu haben, ihm fehlte nämlich die Leichtfertigkeit der anderen, der Bewohner der Stadt der freien Liebe, wie er die Boheme nannte, sei es die in Berlin, sei es die in Christiania.

Munch denkt nach. Es fällt ihm schwer, er ist unkonzentriert, der Entzug macht ihm zu schaffen. Er versucht, auch das an sich selbst zu beobachten, doch es strengt ihn zu sehr an. Es ist besser, an die Arbeit zu denken. Er will eine Serie von Bildern machen. Mann und Frau. Er nennt sie Alpha und Omega. Er schreibt ein paar Sätze über sie. Von der Vertreibung aus dem Paradies will er erzählen, auf seine Weise. Seine Erfahrungen will er ins Allgemeine heben, damit sie nicht umsonst und nutzlos waren. Das Naturhafte im Menschen suchen, den Übergang vom Tier zum Mensch.

„ICH BETREIBE EBENFALLS FORSCHUNGEN AUF DEM GEBIET DER SEELE“, erklärt er Dr. Jacobson, kaum dass er sich von seiner Alkoholvergiftung und seiner Lähmung ein wenig erholt hat.

„Erzählen Sie mal, was Sie hierhergeführt hat“, antwortet ihm der Arzt. Ein großer, schlanker Mann, in etwa in Munchs Alter, mit Vollbart und kleinen Brillengläsern, ein längliches, schmales Gesicht, mit beweglichen braunen Augen, die Munch auffordernd ansehen, zugleich ein wenig desinteressiert, damit sich der Patient nicht gleich wieder bedrängt fühlt. Der Patient fühlt sich schnell bedrängt. Er schreit sofort los, wenn er das Gefühl hat, dass Dr. Jacobson ihn ausfragt, oder er sagt tagelang kein Wort. Lässt sich Elektroschocks verpassen, ohne eine Reaktion zu zeigen. Wenn der Arzt ihm jedoch wie ein Forscher begegnet, auf Augenhöhe sozusagen, wird Munch gnädig. Gesprächig. Er macht Witze über die Elektroschocks. Er grinst die Schwester an und an manchen Tagen befällt ihn ein Rederausch. Dr. Jacobson unterbricht ihn hin und wieder, was Munch mit Fluchen beantwortet. Doch nach und nach gewinnt Dr. Jacobson sein Vertrauen. Vor allem, seit er ihm gestattet hat zu arbeiten, ist Munch sehr viel zugänglicher, vorher ging gar nichts.

Dr. Jacobson bittet Munch, ihm sein ganzes Leben zu erzählen, nach und nach, und, wenn er es möchte, auch zu zeichnen. Munch sieht ihn überrascht an. Er habe von Anfang an die Idee eines Lebensfrieses geliebt, sagt er, also die Darstellung des ganzen menschlichen Lebens, von der Kindheit bis zum Alter, vom Beginnen der Liebe bis zu ihrem Verwelken, von der Wiege bis zum Tod.

„Nur zu", sagt Dr. Jacobson, „das ist eine sehr wichtige Unternehmung."

Er sagt seinem Patienten nicht, dass die Absicht, die er verfolgt, eine therapeutische ist. Dass er die Erkenntnis gewonnen hat, dass Patienten, denen alle Felle wegzuschwimmen drohen, wieder Boden unter den Füßen gewinnen, wenn sie sich ihr eigenes Leben fassbar machen. Wenn sie selbständig einen Zusammenhang herstellen, anstatt auf einzelnen Ereignissen, die sie aus der Bahn geworfen haben, herumzukauen oder genauer gesagt, sich daran festzubeißen. Wie Munch. Noch kreisen seine Gedanken immerzu um eine einzige Person: Tulla Larsen, die Tochter des Weinhändlers.

Er hatte sich von ihr getrennt. Im September 1902, nach vier Jahren eines unmöglichen Lebens mit ihr, hatten sie sich noch ein letztes Mal gesehen. Malen und lieben, das ging nicht. Einmal hatte er ein Doppelporträt von ihnen beiden gemacht; Tullas Farben fahl und gräulich, seine eigenen intensiv und leuchtend, er hat es zerschnitten. Doch es gibt ein Foto von den beiden. Munch zieht es immer wieder aus der Jackentasche oder aus dem Koffer, in dem er es die meiste Zeit, ganz unten, unter allen Notizen und seinen wichtigsten Lithographien, vor sich selbst verbirgt. Er steht, mit einfachem Hut, breitbeinig da, vom Mantel sind nur zwei Knöpfe verschlossen, wie flüchtig übergezogen. Die Hände stecken in den Taschen, selbstbewusst und selbstvergessen; er blickt etwas nach oben, schräg in den Raum hinein. Sie, in langem Rock mit schmaler Taille, in enger Jacke mit sehr hohem Kragen, auf dem hochgesteckten Haar ein kokettes Hütchen, schaut herausfordernd in die Kamera, mit ihrem unnachahmlichen halben Lächeln. Beide sehen beunruhigend, aufgebracht aus; sie teilen den Hochmut der Verletzlichen. Tulla beugt sich seitlich über den Tisch, der zwischen ihnen steht, ihre linke Hand, die sie auf dem Tisch aufzustützen scheint, sieht aus wie ein Stumpf. Dabei drückt sie nur den kugelrunden Auslöser, und in Wirklichkeit war es seine Hand, die verletzt war. Tulla hatte ihm den linken Mittelfinger abgeschossen. Bei ihrer letzten Begegnung in Åsgårdstrand. Vielleicht hatte sich der Schuss auch gelöst, als er den Revolver in der Hand hielt. In seinen Augen hatte sie die Schuld. Sie hatte ihn rufen lassen, als läge sie im Sterben, um sie herum die Freunde, Krogh, Jaeger, Heiberg. Munch war sofort zu ihr geeilt, außer sich vor Sorge. Sie lag im Zimmer auf dem Bett, als er eintraf. In diesem Moment schoss sie hoch und lachte über seinen Schrecken. Die anderen lachten mit. Anschließend behaupteten sie, sie habe einen Selbstmordversuch inszeniert, und er habe versucht, ihr den Revolver zu entwinden. Dabei sei der Schuss gefallen.

Munch weiß es selbst nicht mehr. Er hat zwei Glieder des Mittelfingers verloren, das ist und bleibt das Resultat. Auf immer ist seine linke Hand mit Tulla verbunden; er würde sie am liebsten abhacken. Zugleich befällt ihn hin und wieder der Drang sie zu küssen.

Nach jenem Ereignis hatte er Norwegen sofort verlassen. Liebesschmerz vergisst man, schrieb er, nicht aber körperliche Gebrechen. Er litt an beidem. Manche, die ihn trafen, sagten, er sei verrückt. Manche, charmant.

Er trank. Er ließ die Farbe über die Leinwand laufen, in Linien, die sich ausbreiteten, wie Blut und Tränen. Marat lag erstochen im Bett, die Hand blutig wie seine eigene nach dem Schuss, dabei ausgestreckt zu Charlotte Corday, mager und aufrecht, das blutige Messer in der Hand.

Wie sollte er Tulla vergessen?

Munch nimmt Lichtbäder, eingewickelt in Decken, bei geöffnetem Fenster. Er bekommt Massagen. Nachts verlässt seine Seele den Körper, wo geht sie hin? Schlamm, trübes Wasser. Er stellt eine Liste der Verfolgungen zusammen, er will dem Arzt deutlich machen, dass er viele Gründe hat, sich verfolgt zu fühlen, triftige, echte Gründe. Die Freunde, die ihn verrieten, die ganze Boheme, die ihn ausgeschlossen hat nach der Tulla-Affäre, nirgends habe ich mehr hingehen können, sie haben auf mich gespuckt, als ich am Boden lag. Die Menschen, die seine Kunst verlachten, das kranke Kind, sein größtes, schmerzlichstes Bild; die Kritiker, die ... und jene Händler, die ... und so weiter und so fort. Ans Ende der Liste setzt er: Insbesondere dieses wahnsinnige Tulla-Lächeln, das mich verrückt macht. Und malt eine Träne dazu.

Er spricht mit sich selbst, wenn er allein ist. Er sitzt in seinem Klinikzimmer und zeichnet seltsame Trolle, in Steinen, in Algenhaufen, oder höllische Mischwesen wie die von Hieronymus Bosch. Er denkt an sein Leben vor Tulla, und an sein Leben danach. Sein Leben als Künstler, als der Maler Edvard Munch.

Er hatte allmählich Erfolg, in Paris und Berlin. Sein zwanzigstes Jahrhundert begann. Seine nervöse, die Farbe zersetzende

Malweise, wie er es nannte, beeindruckte die Menschen wie seine einsamen nordischen Landschaften, die roh und zwingend zugleich waren, von Anfang an. Seine Beerdigungen, die keine Bejahung des Lebens mehr waren wie bei Malern vor ihm, keine Vanitas-Bilder, Ermahnungen zum rechten Leben, sondern die klare, harte Konfrontation mit dem Tod. Die Leere, die Verneinung. In der Landschaft, in den Menschen. Das hatte es so noch nicht gegeben.

Er reiste durch halb Europa. Er fotografierte und machte Experimente mit Überblendungen, Doppelbelichtungen; er ließ sich von Lichteinfällen für seine Gemälde inspirieren. Er wurde immer besser. Er ging mit der Farbe frei und reflektiert um wie kaum einer in dieser Zeit; manche nannten ihn barbarisch, andere genial. Es war nicht lustig, wenn die Farben nicht aufhören wollten zu schreien. Wenn der Schnee schrie. Er musste ihrer mit einer Form Herr werden. Er experimentierte, mit der Perspektive, dem Ausschnitt, dem Farbauftrag, mit Drucktechniken, die er kombinierte. Zugleich ging er auf genau diese Empfindungen zu, an die er sich erinnerte. An die Farben, die er gesehen hatte, an die Geräusche, die er gehört hatte. Die Landschaften, Zimmer, Menschen. Den Leichengeruch. Die Höllenmusik in seinen Ohren.

Farbe wegkratzen, bis das Bild dem ersten Eindruck entspricht. Farbe neu auftragen, bis alles so durchscheinend und vibrierend ist, wie im Augenblick des Erfassens. Kratzen. Ätzen. Übermalen. Oder mit einem einzigen Auftrag alles aufs Spiel setzen. Zurückkommen in die erregte Stimmung des ersten Augenblicks. Die Wimpern des Auges, das sieht, als Schatten in das Bild legen. Eine Figur nach vorn ziehen, zum

Betrachter hin, und den Rest des Raums verkürzen. Das Bild biegt sich, beult sich, will über den Rand hinaus. Es hat Risse. Die Steine schweigen monströs. Die Fjorde schweigen, rohe Ungeheuer.

Er kam ein wenig zu Geld. Fand den einen oder anderen Mäzen, wie Max Linde, der Augenarzt in Lübeck, mit dem weichen Bärtchen über der weichen Oberlippe und dem sanften Blick, wenn kein anderer ihn ansah. Er malte seine Eifersucht in Lübeck und in Warnemünde. Die Zimmer der Dreiecke. Die Eifersucht wegen Tulla, hinter der alle her waren, die Eifersucht wegen der schönen Dagny, in Berlin. Grün malte er die Eifersucht und karmesinrot.

Er malte sich selbst nackt, und andere nackte Männer. Er wurde immer nackter.

Er kam von Tulla nicht los. Er soff und prügelte sich und kam zu Dr. Jacobson. Im Herbst 1908. Gespräche, Diät, kein Alkohol, Elektroschocks. Acht Monate wird er bleiben. Es wird ein langer Winter sein.

Dagny hatte mit vielen geschlafen. Bei Tulla war es nicht so sicher. Vielleicht hatte sie ihn nicht betrogen. Vielleicht war es seine Angst.

Denkt er jetzt manchmal, nach einem langen heißen Bad in Latschenkiefernextrakten. Dann wieder ändert er seine Meinung, ganz plötzlich, und ist sich sicher, dass er der Verratene ist, wie Marat. Er befiehlt der Schwester, ihm die Kodakbox zu bringen, schnell, noch in der Badewanne fotografiert er sich, in der Pose des Marat, der von Charlotte Corday im Bade erstochen worden ist. Dann springt er aus der Wanne, raus!, schreit er die bestürzte Schwester an, raus hier, legt sich daneben auf eine Liege, drapiert das Badetuch um seinen Körper. Die Kodakbox stellt er aufs Fensterbrett, so nah wie möglich. Das Gesicht aufgeschwemmt, aufgelöst, der Körper in einer sonderbaren Pose verdreht; seinen inneren Zustand findet er luzide.

Dr. Jacobson zeigt sich besorgt.

DER WINTER IST GLÄSERN UND BLAU.

Munch starrt in den Schnee und wandert durch sein Inneres. Er holt die Geschichte mit Tulla in allen Einzelheiten hoch. Munch ist besessen von seiner Erinnerungsarbeit. Er glaubt, er würde sich damit befreien. Von seinen unglücklichen Trieben. Seit einiger Zeit versteht man das Erinnerungsvermögen als ein Hervorholen von Bildern in das Bewusstsein, so wie man ein Foto vom Negativ zum Positiv entwickelt. Beide Vorgänge faszinieren ihn.

Sieben Jahre, seit Tulla ihm das Fingerglied abgeschossen und der Lächerlichkeit preisgegeben hatte. Er hatte es mit der Geigerin versucht, nach ihr, Eva Mudocci. Sie hatte ein wunderbar zärtliches Lächeln, das er liebte. Sie hatte eine feine gerade Nase mit leicht nach oben geöffneten Nasenlöchern, eine exzellente Witterung für Zustände. Sie hatte kein Verständnis für ihn. Er wollte sie malen, er zerstörte jedes angefangene Bild. Sie entzog sich ihm, er konnte kein Porträt von ihr machen. Als Lithographie gelang ihm eines, ihr Haar eine Mähne, die sich schlängelte und lebte, bis in den Hintergrund hinein. Steine um Steine wurden für seine Lithographien in ihr Hotelzimmer in Berlin geschleppt. Sie hasste Zimmer voller Steine. Die nächste Lithographie von ihr wurde abstrakter, der Vampir wickelte sein böses Haar um den armen Mann, Munch. Sie keuchte entsetzt. Sie kehrte zu ihrer Freundin und Begleiterin am Klavier zurück.

Und er? Er blieb besessen von Tulla. Im Oktober 1903 heiratete sie den Maler Arne Kavli. Er spuckte darauf, ein mittelmäßiger Maler, soll er sie haben, meine Dollarprinzessin. Es änderte nichts. Er sah sie überall. Eine Zeit lang hatte sie ihn tatsächlich verfolgt. Als sie es nicht mehr tat, behauptete er, sie verfolge ihn. Aus seiner Sehnsucht wurde seine Verfolgungsangst. So hatte er im Kopf Macht über sie.

„Sie wollen diese Macht nicht aufgeben", sagt Dr. Jacobson. „Sie müssen sich aber entscheiden. Sonst bringen Sie sich selbst um damit."

In der Wunde aber fühlt er die Liebe.

DIE AUGEN OMEGAS ABER WECHSELTEN DIE FARBE. *An gewöhnlichen Tagen waren sie blau wie der Himmel, aber wenn sie ihren Liebsten erblickte, wurden sie schwarz, und es blitzte rot in ihren Tiefen, und dann geschah es, dass sie ihren Mund in einer Blume verbarg.*

Karmesinrot, denkt Munch. Omegas Herz ist wandelbar. Sie ist von Unruhe befallen. Sie schläft mit den Tieren der Insel, unschuldig folgt sie ihrem Verlangen. Die sie berührt, wachsen ihr über die Haut. Sie streichelt die Hyäne, sie kost den Bären, schmiegt sich in sein dichtes Fell, und keinen fürchtet sie.

Doch etwas macht sie traurig, und eine sonderbare Wut mischt sich in ihren Raubzug, sie lässt Alpha verzweifelt allein. Sie kehrt zurück und lehnt sich an ihn, zu spät.

Der Mondschein gleitet über dein Gesicht, das voll von irdischer Schönheit und irdischem Schmerz ist ... wie ein einziger Körper gleiten wir auf ein großes Meer hinaus.

So hatte er über Tulla geschrieben, in einem nie vollendeten Roman, in dem er sich selber Brandt nannte. In dem er alles sagen konnte. Er selbst will der Bär sein, die Hyäne und der Tiger. In allen will er Tulla lieben.

Wie soll ich mein zerstörtes Leben weiter mit mir herumschleppen?

Munch weint. Niemand darf es sehen.

ER WIRD FÜNFUNDVIERZIG JAHRE ALT, AM 12. DEZEMBER 1908, IN DER KLINIK.

Die Trennung liegt sieben Jahre zurück. Man häutet sich alle sieben Jahre.

Als es ihm etwas besser geht, darf er von der Klinik aus hin und wieder in den Zoo, Dr. Jacobson erlaubt es. Er wird im Wagen hingefahren, eine Schwester begleitet ihn. Er zeichnet Panther, Tiger, Leoparden. Flamingos, Affen, Bären.

Zurück in der Klinik beschäftigt er sich weiter damit; einmal verwandelt er den Kopf eines Panthers in den seines Freundes Emanuel Goldstein, es macht ihm Spaß. Aus dem Schnauzer die Schnauze, die Kinnpartie ein bisschen länger, die Stirn etwas flacher ... so ... Kirke verwandelt Odysseus und seine Mannen in Schweine, es geht auch andersherum. Überhaupt. Schweine sind roh, Schweine sind sinnlich, das ist zu oberflächlich gesehen, denkt Munch. Meine Tiere sind komplizierter, der Körper ist die Seele und umgekehrt. Unsere Seele ist ein Teil der Natur, in ihren Affekten, und ebenso begrenzt wie diese, wir können also weder die Seele noch die Natur vollkommen erfassen. Wir können sie immer nur so darstellen, auf welche Weise wir sie erleben. Was wir sehen, hören, riechen, während uns etwas widerfährt.

Tiere: Dürers Hase, sein Nashorn; Rubens' Affen. Die Kühe der Holländer. Was wollten sie damit? Den Reichtum darstellen, das gute Leben, nein, das ist es nicht, was ihn beschäftigt. Degas' Bewegungsstudien bei Pferden? Nein, das ist es auch

Schreitender Tiger, 1908/09

nicht. Und schon gar nicht will er sie als Allegorien zeichnen, der Hoffart oder des Neids, auch wenn es leicht wäre, ihr Zähnefletschen, ihr langsames Lauern so zu deuten.

Er beobachtet die Tiere in ihrem Gehege. Er liebt den trägen Bären, der hin und her schwankt. Sein dunkles Fell. Er skizziert eine Familie von Affen. Die Mutter, die eines der Kinder die ganze Zeit am Schwanz festhält wie an einer Leine, damit es nicht zu weit fortspringen kann. Der Vater, der ein anderes Kleines laust. Zwei Äffchen, die sich laut brüllend zanken. Sie amüsieren ihn. Die Arme, die so menschlich nach etwas greifen. Im Paradies ... waren die Tiere dort nicht auch gut? Nackt wie Adam und Eva?

Er zeichnet. Blatt um Blatt. Geht mit den Auslassungen immer weiter.

Wie viel weiße Fläche verträgt ein Tier, ohne dass es unkenntlich wird? Ein Strich, zwei Striche, ein Bogen, der Bauch, zwei, die Bewegung der Beine. Ein Hund ist Treue, ist Promiskuität. Er macht Karikaturen. Dann sind die Tiere flach und böse. Er lacht darüber. Gunnar Heiberg zum Beispiel, der Freund der Jugend, der ihn verraten und sich auf Tullas Seite gestellt hatte, wird zum Hund.

Dann wieder fängt er die Zartheit der Flamingos ein.

Alpha und Omega sind keine Karikaturen. Ich erzähle die traurige Geschichte von Alpha, der Omega liebt und ihr treu ist. Omega aber muss alle Tiere der Insel besitzen. Wie Dagny, die schöne Norwegerin in Berlin, Stachus Frau. Die blaue, brennende Lilie, die ich im Arm hielt wie die anderen. Im Schwarzen Ferkel, der Kneipe, und in ihrer Wohnung mit dem

Klavier und dem Loch im Boden, in das sie ihre Bücher warfen. Ja, merkte denn der Gatte nichts? Viele Männer hatte sie wohl, doch keiner hat sie besessen.

Was heißt das? Er fragt sich. Und Tulla?

Der Tiger beugt sich zärtlich über Omegas Gesicht, der Tiger trägt seine eigenen Züge. Striche, auch hier, Bewegung, das Tier öffnet sich ins Weiße des Blatts, ein starker Rhythmus.

Die Liebe.

Alpha liebte Omega sehr, war ihr ergeben, treu bis in den Tod. Die Liebe ist keine Bagatelle. Die Natur ist keine Bagatelle. Nicht in Norwegen. Die Natur ist kein nettes Frühstück im feuchten Gras! Sie ist gewaltig und gewalttätig. Der Mensch ist ihr ausgeliefert. Winzig. Diese weißen Nächte, in denen die Bäume, die Felsen, alles spricht. Eine Urwelt aus Erde, Wasser, Luft. Drohend. Großartig. Schrecklich. Schweigend. Die Liebe hat etwas mit der Natur zu tun. Die Liebe ist ein Brand, ein Wassersturz.

Alpha liebte Omega sehr. Doch ihr Herz war wandelbar, sie tat ihr liebstes Amt, das Küssen, hier und da. War es Langeweile? War sie nicht ausgefüllt? War ihr verdammtes Loch nicht zu stopfen?

Es ist meines, denkt Munch, in seinen lichten Momenten. Dann schiebt er es wieder ihr zu, schimpft sie geiles Weib, verdammt sich selbst für das, was er die Geilheit einer Frühlingsnacht nennt, mit der alles einst begann.

Die Blätter des Zyklus nehmen Gestalt an, allmählich, vor seinem inneren Auge, er wird sie kratzen, er weiß es, eines ums andere, bis er alles bis zu Ende erzählt hat. Oder soll er es doch in Stein arbeiten, als reine, schöne Lithographie?

DER WINTER IST GLÄSERN UND BLAU.

Munch will noch mehr wissen.

Er macht lange Spaziergänge durch den Klinikpark. Seine hohe Gestalt zwischen den Bäumen. Er trägt den langen, zweireihigen Wollmantel und die hohe Fellkappe. Sein Gesicht ist schmal. Er sieht schön aus. Durchsichtig.

Er denkt nach. Er betrachtet die Bäume und sieht sie nicht. Er spürt die Kälte in seinen Lungen. Ob er sich jemals trauen wird, diesen Park zu verlassen? Er fühlt sich sicher hier; allein die Vorstellung, durch Straßen zu gehen, in denen er Menschenaugen begegnen würde, treibt ihm den Schweiß auf die Stirn. Niemand zwingt sie, hat Dr. Jacobson gesagt, ich erlaube es Ihnen ohnehin noch gar nicht. Also dreht er seine Runden durch den Schnee, um und um; seine Füße tragen ihn, das gelähmte Bein gehorcht ihm wieder, er ist glücklich darüber. Es ist nur wenige Stunden hell am Tag, und er braucht dringend die Bewegung.

Alles ist Bewegung, denkt er, auch die knappste Zeichnung; und alle Bewegung ist Licht. Er registriert im Vorübergehen die Äste; er bleibt kurz stehen, sieht durch die Äste hindurch in den Himmel. Schneeflocken fallen ihm leise ins Gesicht. Wie zeichne ich das Licht, wenn ich es nicht mit malerischen Mitteln darstelle? Durch die Bewegung der Linie. Durch das, was ich weglassen kann.

Ein nacktes Paar, Mann und Frau. Von hinten, eng beieinander. Sie sitzen am Ufer eines Gewässers. Der Mond wirft seinen Lichtstrahl auf das Wasser, eine horizontale Säule. Im Wasser, vor der Säule, ein runder Fleck. Ein Sehnsuchtstropfen, der kurz vor der Ejakulation austritt. Die Frau, Omega, hat langes Haar und den Kopf zur Schulter des Mannes geneigt. Sein Rückgrat bildet Munch aus einigen Strichen, auch die Rippen, fünf kräftige, schnelle Kratzer. In den Stein geritzt, wie Verletzungen. Mann und Frau sind einander zugeneigt, ein Liebespaar eben, doch ihre Hüften streben auseinander, getrennt von einer schwarzen Spalte. Von Anfang an ein Trennendes. Vor den beiden die Fläche des Wassers ist nackt, blank, leer. Vorn die Striche, die das Land bezeichnen, auf dem die beiden sitzen; hinten begrenzt von einigen Strichen, die auf das Land gegenüber deuten, auch hier: Getrennte Flächen. Der Wasserspiegel wirft nichts als die Mondsäule zurück. Ein leerer Spiegel, der ausläuft in das nackte, weiße Blatt. Das geht nirgends hin, vom Papier her gesehen. Die Kratzer Wunden, die Ränder des Blattes Teil des Bildes. Munch sprengt das Bild auf. Daraus wächst eine eigentümliche Kraft.

DIE SCHWESTERN DER KLINIK FÜHLEN SICH von ihm angezogen, dem verrückten Maler. Dem Norweger, der mit ihnen ihr Dänisch spricht. Wenn er nicht so ramponiert wäre, wäre er doch ein recht gutaussehender Mann. Das müssten wir doch wieder hinkriegen, denken sie. Manchmal stehen sie auf der Schwelle und wollen zusehen, wie er malt. Er verscheucht sie. Sie kommen wieder. Allmählich gewöhnt er sich an sie, wird zutraulich. Schließlich pflegen sie ihn auch. Zutraulich, wie ein Kind, wie ein Tier. So wirkt er, mit einem fast sehnsüchtigen Blick in den wasserblauen Augen, die sich auch sehr schnell wieder verschließen können. Irgendwann zeigt er ihnen seine Zeichnungen. Einige Aktzeichnungen sind dabei, er sieht sie erwartungsvoll an. Sie werden rot, es ist ihnen peinlich, eine will kichern, da reißt er die Blätter weg, und sie verstummt. Später findet er es nicht mehr schlimm, wenn sie kichern. Ist es nicht Sünde, fragen sie. Es könnte aber auch das Paradies sein, gibt er zur Antwort. Er erklärt ihnen etwas über Maria Magdalena und zeigt ihnen seine Madonna. Sie staunen. Er mag sie. Er weiß, dass diese Frauen noch nie in einer Kunstausstellung gewesen sind, wie die wohlhabenden bürgerlichen Damen. Er beobachtet sie, bei ihren einfachen Handgriffen, er folgt ihnen durchs Haus, als es ihm besser geht, und zeichnet sie, wenn sie die großen Wäschelaken von der Leine nehmen, sie zu zweit ausschlagen und zusammenfalten. Das schimmernde Weiß interessiert ihn, er malt es. Er betrachtet ihre Hände, ihre entblößten Unterarme, wenn sie ihm ein Bad zubereiten und die Temperatur fühlen, oder wenn sie ihm ein Handtuch reichen. Er sieht ihnen zu, wenn sie das Essen auf einem Tablett hereintragen und den Tisch für ihn decken. Wie sie in ihren langen weißen und schwarzen Röcken durch das Zimmer schweben.

Die Schwestern sind verwirrt. Die Bilder in seinem Zimmer befremden sie; die grellbunten Porträts, die er macht, sehen so anders aus als alles, was sie kennen; die Zeichnungen, die sie als gewagt empfinden, haben etwas, was ihnen auf ganz eigene Weise als wirklich erscheint, wirklicher sogar als die Wirklichkeit selber. Munch, der sie gemalt hat, beschäftigt sie. Was dieser Mann vom Leben weiß. Er ist nicht wie die anderen Patienten. Er ist ein berühmter Künstler. Aber das ist es nicht.

„Komm, setz dich, ich will dich zeichnen", sagt er zu der jungen Schwester, die er Engel nennt. Mit der Nadel macht er ihr Porträt.

„Und was ist mit mir?", fragt eine andere, die mit dem runden, freundlichen Gesicht, und lacht. Dann gibt es noch die Dunkle. Er fotografiert sie neben der Hellen, dem Engel, die eine in Schwarz gekleidet, die andere in Weiß.

Es gefällt ihm. Sie werden ihm Modelle, Dr. Jacobson duldet es, jedoch nicht zu oft. Die Krankenschwestern werden immer neugieriger. Fasziniert von den Farben, nach denen sein Zimmer riecht, fasziniert von dem Mann, der sich Weste und Anzug anzieht, wenn sie ihm den Kaffee servieren, aus einer Silberkanne, auf einem kleinen Tisch mit gebügeltem Leinentuch. Von der Atmosphäre, die er um sich verbreitet. Den ungewöhnlichen Dingen, die er sagt. Seinem entwaffnenden Lächeln. Seinem Blick, der ihnen durch und durch geht. Seinem Blick, der sie verführt, ohne Absicht.

„Wollen Sie mich einmal malen?", fragt die mit dem runden Gesicht, und verschränkt halb im Scherz, halb im Ernst, die Arme hinter dem Nacken und wiegt sich in den Hüften. Wie auf dem Bild mit den drei Frauen, das in seinem Zimmer steht. Sie tut es, mit weißer Schwesternschürze und klapperndem Schlüsselbund am Gürtel. Der Busen sehr rund unter dem karierten Schwesternkleid.

„Komm einmal näher."

Sie spielen ein Spiel.

„Sie rauchen, Herr Munch? Das muss ich aber dem Doktor melden!"

Sie kommandiert ihn herum wie ein Kind. Er zieht sie an sich heran, legt den Kopf an ihren Busen und verspricht, artig zu sein.

„Böser Junge", sagt sie, „ich muss dich bestrafen."

An manchen Tagen behandelt er sie von oben herab.

Dann zieht er sie auf seinen Schoß.

Ihre Augen sind geschlossen, sie bewegen sich hinter den gesenkten Lidern, die dichten Wimpern werfen Schatten auf ihr blasses, aufgewühltes Gesicht.

Er aber sieht sich selbst zu.

Wie oft hatte er das Liebesspiel unterbrochen, voll Entsetzen, plötzlich Ekel empfindend, vor sich oder der Frau in seinen Armen! Wie klobig waren ihre Hände! Wie scheuerte sie sich gierig an ihm! War das die Schuld, sündig zu sein? Die Scham, die sein Vater ihm gab, seine Mutter, die Erziehung? War es etwas anderes in ihm? Er fiel aus der Erregung heraus, etwas anderes erfasste ihn. Geh zu den Huren, sagte eine Stimme in ihm, dann hast du diesen Ärger nicht.

Das andere, denkt er jetzt, ist die Wahrheit, die keiner hören will: Im Augenblick der Hingabe bin ich hilflos wie ein Kind. Ein Mädchen, flüstert eine Stimme in mir, ein Mädchen darf sich hingeben. Ich darf ein solches Mädchen nicht sein. Es ist zart und zieht mich in waldige Gefilde, mein Herz ist ein verwittertes Wurzelwerk. Ich muss stark sein. Aber ich habe Angst, mich zu verlieren, verlassen oder verlacht zu werden. Mein Herz wird weiß, das Blatt ist leer. Der sehnsüchtige, abstürzende Alpha-Munch. Das muss ich beschreiben.

Er setzt neu an. Omega, die weibliche Gestalt im Zyklus.

In diesem Blatt gibt es keine Landschaft. Eine weibliche Figur ins nackte Blatt gesetzt. Einfach so. Schutzlos. Ohne Hintergrund, ins Nichts. Er hat schon immer den Untergrund als Teil des Bildes behandelt, er muss nur einen Schritt weiter. Die Figur bildet selbst die Achse des Raumes. Autonomie und Einsamkeit. Darüber ließe sich einiges sagen. Ein wildes Gestöber aus Strichen, heftige Bewegung, fast Auflösung. Halb Frau, halb Naturwesen, sitzt sie nackt auf dem Blatt. Eine Alraune. Auf verrutschten Knien hockt sie, die langen Arme hängen an ihren Seiten herab wie bei einem Affen. Sie laufen in Hände aus, die wie Pfoten aussehen. Die Pfötchen von Milly, Munchs erster Liebe, das Zimmer, die Tapete, das Haar wie ein Zelt, der verlorene Trost. Das Haar frisst sich wie störrisches Wurzelwerk in die Arme hinein, wird eins mit der Haut. Das Gesicht voll dunkler Schattierungen, tierhafte alte Augen, halb geschlossen. Der Bauch und die Brüste bilden ein Gesicht. Die Brustwarzen lebhafte Pupillen, die offen umrissenen Brüste die Augen; der Schambereich und der Bauch ein Rund wie die hervorstehende Schnauze eines Affen. Alles muss mehrdeutig bleiben. Der Affe, der sie liebt: ihm hat sie sich anverwandelt. In der Liebe sind sie eins, verwuchert, so wie das Mädchen in der Zeichnung in einen pflanzlichen Zustand übergeht. Eine Fesselung, eine Verwitterung. Ein unerlöster Zustand! Omega weint.

Dieses Blatt versteckt er. Niemand soll es sehen. Ihre Bilder wissen mehr als sie, hat Dr. Jacobson gesagt. Er legt es in den Koffer.

In der Nacht dann träumt er und schreit. Schwarze Erinnerungen, die in seinem Gewebe lauern. Der Tod der geliebten Mutter, als er noch so klein war. Erst fünf. Die Leere. Seine Verzweiflung. Die der Geschwister. Damals hatte er zum erstenmal dieses entsetzlich laute Schreien in seinen Ohren vernommen, das von innen kam, und das kam, wenn er aus dem Fenster sah, im Haus der Eltern, und wenn er hinauslief und in die Landschaft sah, die auch schrie. Der Vater fern, beschäftigt mit der eigenen Verzweiflung, auch er hatte die Mutter geliebt, maßlos, wie ein Kind. Munch hatte das in sich. Das Maßlos-Lieben. Warum tat er das Gelübde, niemals wieder fröhlich zu sein, als seine Schwester Sophie starb? Reichte es nicht, sie alle zu malen? Das kranke Kind, die Begräbnisse, die Totenbetten mit den Anverwandten, die selbst schon Toten glichen?

Er nimmt die Leinwand. Er braucht einen Halt, wer bin ich? Er trägt Farbe auf, kratzt sie wieder herunter. Er holt weit aus, er schlägt den Pinsel auf die Leinwand, bis die Borsten knicken. Mit dem Spatel, mit beiden Händen bearbeitet er die Fläche. Wut erfasst ihn. Auslöschen! Das Material verschwinden lassen. Bis die Leinwand wieder vorscheint. Und von vorn. Er klatscht die Farbe auf die Leinwand, zerstört die angelegte Gestalt, tritt das Bild mit Füßen.

„Hören Sie auf, Munch!“ Die Stimme des Arztes. „Sie haben wieder so geschrien! Legen Sie die Farben weg, ich verbiete sie Ihnen!“

Ich bin ein Tier, Tulla, nimm meinen Kopf in deine Hände und beruhige mich. Ich durchquere den Nordpol der Liebe, ich weiche nicht, grausam zu mir selbst. Ich gehe in meine schäbigsten Winkel, meine Ohnmacht, meinen Hass. Meine bettelnde Sehnsucht, meine dumme Kleinmut. Hier hast du meine Spur. Aufriss, Umriss. Nur eines habe ich nicht: Angst vor der Angst. Das ist mein Untergrund, das ist mein Wegweiser. Hier. Ich lasse dich leuchten, Weiß.

Munch wandert immer weiter nach innen, geschützt vor den Sorgen der äußeren Existenz. Nur was ihn nach innen treibt, kann ihn schützen und ihm nützen. Deshalb vielleicht hat er sich hierher gesoffen und geprügelt, in die Nervenklinik, und nun sieht er auf den Schnee draußen und die Geschichte von den ersten Menschen in seinem Innern. Alpha und Omega. Der Anfang und das Ende. Sie gehen in den Wald hinein.

Du bist die Frau, die durch die Straßen läuft und alle Männer strecken ihre Hände nach dir aus. Du bist der Vampir, der mich aussaugt. Du bist die Frau, die voll Zärtlichkeit meinen Nacken küsst. Du bist mein Tod.

Omega küsst den Esel. Sie schläft mit dem Schwein. Alpha sieht es. Alpha sieht zu. Sie spielt mit der Schlange; er erwürgt die Schlange. Omega umarmt den Bären. Sein Fell ist zottig, seine Schnauze spitz; sie gräbt sich in sein Fell. Alpha weint. Er hält sich die Ohren zu und schreit. Omega hält zärtlich den Kopf der Hyäne, struppig ist mein Fell, weh mein Kopf, ich bin mein eigenes Aas. So furchtlos ist sie. Sie streichelt die Zähne des Tigers.

Er kann nicht aufhören, Tulla in den Armen der anderen zu sehen. Er sieht ihre Haut, ihre dämonisch blitzenden Augen, wenn sie vor Lust aufstöhnt und sie leicht verdreht, diese boshaften, lockenden Augen mit den melancholisch halbgesenkten Lidern. Er sieht ihre kantigen Hüften, die schöne Zeichnung ihres Rückens.

Er bewegt sich auf der Grenze zum Wahn, er überquert sie, er kommt zurück, oder Dr. Jacobson holt ihn. Er schreit, er weint. Verlangt nach Wermut und Schnaps. Erhält sie nicht. Kommt in eine Wanne mit Eis. Schlägt mit den Fäusten gegen die Wand.

Und Omega begegnet dem Bären. Sie erschauert, als das weiche Fell ihren Körper berührt. Sie legte ihren Arm um den Hals des Bären, und ihr Arm verschwand in den dichten Haaren.

Omega weint, aus dem Zyklus *Alpha & Omega*, 1908/09

IMMER MEHR BILDER FÜLLEN DAS ZIMMER, die Wand, die Kommode, die Staffeleien, das Kanapee, Papiere, Zeichnungen fliegen herum, an der Wand lehnen zwei frische Gemälde –

„Stört sie der Geruch nicht im Schlaf?"

„Im Gegenteil, er ist besser als jeder Schlaftrunk!"

Die Waschschüssel ist voller Farbreste, die Schwester schimpft, sie bekommt die ölige Schicht nicht ab, sie bringt eine neue, er winkt ab.

„Wozu, sie sieht morgen so aus wie die alte!"

„Dann nehmen Sie diese nur zum Waschen, nicht für die Pinsel!"

„Wenn ich meinen Pinsel wasche, jahaha", lacht Munch irre, die Schwester flieht, er hört nicht auf zu lachen, dann lässt er die verbotene Zigarette im Mundwinkel hängen und kritzelt eine böse kleine Zeichnung. Ach, wie herrlich ist es, umsorgt zu werden! Er macht sich lustig über sich selbst, ein gutes Zeichen, ich werde gesund, die kleine Runde im karierten Kleid kommt herein; kann sie sich ausziehen, fragt er, nein, sagt sie, kann sie nicht.

„Ich brauche ein Aktmodell", sagt er, „soll ich immerzu Laken und Verrückte malen, sprechen Sie mit Dr. Jacobson!"

„Nein", sagt der Arzt zuerst, doch Munch lässt nicht locker, „ich will aber, ich brauche aber, dann holen Sie mir ein professionelles Modell!"

Dr. Jacobson ist verstimmt.

„Sie haben doch genügend andere Motive", sagt er.

„Tiere und Porträts", faucht Munch, „gut und schön, aber ich brauche den nackten Menschen, und zwar jetzt!"

Dr. Jacobson wiegt das Haupt, wie soll er das verstehen. Was soll das jetzt? Was bringt es für die Heilung?

Er kommt gar nicht dazu, eine Antwort zu finden, schon hat Munch das Problem auf seine Weise gelöst und schon kommt die Oberschwester in Dr. Jacobsons Büro gerannt, völlig aufgelöst, kommen Sie, kommen Sie!

Und beide eilen zu Munchs Zimmer.

Mitten im Zimmer steht Frau L., eine schizophrene Patientin, splitterfasernackt. Sie hat ihren Kopf geneigt, ihr braunes Haar fällt über Gesicht und Schultern, einen Fuß hat sie wie zu einem Schritt nach vorn gesetzt. Munch steht zufrieden an der Staffelei; die Kohle gleitet in großen Schwüngen über das Blatt.

Die Schwester will hineinstürmen, auf Frau L. zu, doch der Arzt hält sie zurück. Sie stehen zusammen auf der Schwelle, weder Munch noch Frau L. scheinen sie zu bemerken. Alles ist still. Dr. Jacobson zieht die Schwester am Ärmel auf den Gang, leise schließen sie die Tür.

Munch schiebt Frau L. eine Strähne aus dem Gesicht, sehr behutsam. Er streichelt ihr Haar. Er denkt an das schöne Seidenkleid, das er für Laura gekauft und ihr in die Klinik geschickt hat, wo sie Tag aus, Tag ein die Tapete anstarrt oder – wenn es ihr besser geht – aus dem Fenster schaut. Ihre Umnachtung ist weitaus grausamer als die Verwirrtheit von Frau L., deren Leben heiter ist, erfüllt von freundlichen Wesen, die nur sie sehen und hören kann, und mit denen sie manchmal spricht, während sie in den folgenden zwei, drei Wochen nackt im Zimmer des verrückten Malers steht und sich endlich einmal nicht so nutzlos fühlt. Zum Dank schenkt er ihr Schokolade, Tante Karen hat sie geschickt.

Wann hatte Lauras Krankheit begonnen? Hätte man ihr nicht helfen können? Sollte er sie einmal hierher holen, zu Dr. Jacobson? Über sechs Jahre ist sie jetzt schon im Asyl in Christiana. Die helle Schwester ähnelt ihr ein bisschen; das zarte Profil, die tiefen Augen, der feine Mund, ihre entzückende Ernsthaftigkeit.

Laura ... wie sie am Meer sitzen konnte! Stundenlang, in ihrem dunkelblauen Kleid und der Schürze, die auszuziehen sie vergessen hatte, und wie das Abendlicht so warm auf ihr Gesicht gefallen war, vor dem immer tiefer leuchtenden Grün des Grases hinter hier. Sie alle konnten lange Zeit so sitzen, auch er, nur Laura, das hatten sie nicht ahnen können, verschwand in diesem Meer, wie manche andere Menschen in der Betrachtung des Universums, weiter und weiter zogen die Wellen sie hinein, sie sah ihre einzelnen Bewegungen, sie zählte sie, es wurde zum Zwang, so konnte sie Stunde um Stunde verbringen, mit einer sich selbst gestellten, unlösbaren Aufgabe. Laura hatte, als sie klein war, endlos den Geschichten von den Trollen zuhören können, die er ihr vorgelesen hatte, den Riesen und Zwergen, die die Menschen ärgerten oder beschenkten, und denen man am Abend ein Schälchen Milch vor die Tür stellen musste, um sie zu beschwichtigen. Hast du die Milch auch nicht vergessen, hatte Laura immer gefragt. Hast du die Milch auch nicht vergessen, hatte sie noch mit neun Jahren gefragt, nach Sophies Tod, und dann heimlich am Fenster gesessen, oben im Haus, bis in die Nacht hinein, und sich mit einem großen, dünnen Troll unterhalten, der behauptete, alles zu wissen, vor allem über die Ewigkeit und ihre Mutter, die dort wohnte, und ihre Schwester auch.

Laura, nach der Mutter benannt, an die sie – zweijährig bei ihrem Tod – keine Erinnerung hatte. Laura, acht oder neun, als Sophie starb, mit nur vierzehn Jahren.

Die anfing zu beten, sich strengen Ritualen unterwarf und glaubte, Engel riefen sie zu sich. Die so gern Apothekerin geworden wäre, aber im Anblick des Meeres verschwand.

An sie muss er denken, seit er Frau L. hier fand. Dass er sie hier gefunden hat! L wie Laura. Munch ist traurig und ist froh.

Einmal beginnt Frau L. zu weinen.

Zuerst bemerkt er es gar nicht; sie verändert ihre Haltung kein bisschen. Er ist ohnehin erstaunt, wie lange sie still stehen kann, genau wie ein gelerntes Modell, wie Rosa oder Olga Meißner, die sogar nach Warnemünde gekommen waren, aus Berlin, um für ihn zu stehen. Plötzlich hört er ein seltsames Geräusch, er kann es nicht einordnen, er hört es noch einmal, schaut beim dritten Mal auf – es sind die Tränen, die auf dem Boden aufkommen, feine einzelne Tropfen. Frau L. weint. Munch lässt die Hand mit dem Kohlestift sinken. Was soll er tun? Sie trösten? Was würde geschehen?

Wieder das Geräusch. Frau L. rührt sich nicht. Nur die Tropfen fallen.

Munch zeichnet das Bild zu Ende, ihre Haltung, den gesenkten Kopf, die herabhängenden Arme. Er zieht einen Strich am Boden. Dann geht er zum Kanapee, nimmt die Wolldecke, die dort liegt, geht zu Frau L. und legt sie ihr um die Schulter. Alles sehr langsam. Sie stehen einen Moment zusammen, still. Er wartet.

Etwas in ihr bewegt sich, er führt sie zum Kanapee, setzt sie vorsichtig darauf, sich selbst daneben. Er legt den Arm um sie, sie weint, leise, wie zuvor, ohne sich zu schütteln, ohne irgendeinen Laut, als ließe sie nur die Farbe ihrer wasserhellen Augen überlaufen.

Zwei Tage später ist Frau L. tot.

Die Schwester findet sie in ihrem Bett. Friedlich lächelnd, ohne Anwendung von Gewalt.

„Sie ist einfach eingeschlafen", sagt Dr. Jacobson zu Munch.

„Darf ich sie zeichnen?", fragt er. „Ein letztes Mal?"

ICH MALE NICHT, WAS ICH SEHE, ich male, was ich sah.

Was ich sah. Je nachdem, wie unsere Instrumente der Wahrnehmung beschaffen sind, so sehen, hören, riechen wir. Wie die Musikkapelle um die Ecke in die Straße bog und wie ihre Klänge sofort die Farben der Straße veränderten. Was wir in genau diesem Augenblick fühlen, bestimmt das, was wir sehen, hören, riechen. Wie soll man Tränen und Schluchzen darstellen, wenn man von ihnen aufgelöst wird? Die Wahrheit liegt in der Komposition. Im Spiel des Lichts. Den Farben. Was ich genau in diesem Augenblick der Erschütterung sah. Das suche ich, das muss ich finden. Den Stein, die Tapete, den Strand. Wie ich an der Hand der Mutter aus dem dunklen Treppenhaus ins Freie ging, ihr Atem so schwer, immer wieder blieb sie stehen. Was ich sah: alles so hell, so hell. Das Gras zwischen den Pflastersteinen von einem so zarten Grün, es war Frühling, ihr blassblauer Hut vor der Weite des Himmels, das Band wehte ihr bei jedem Windstoß ins Gesicht, ihr bleiches Gesicht unter dem bläulichen Schatten. Und dann das Meer, leuchtend vor uns. Und dann saßen wir auf den Kinderstühlchen, Sophie und ich, und unsere Mutter in Schwarz sagte Ade. Der schwarze Sarg, alle Menschen in Schwarz. Was ich sah.

Ich male nicht, was ich sehe, ich male, was ich erfuhr.

Feuer ist Bewegung, rot ist die Eifersucht, oder grün. Ein Fieber. Doch eigentlich siehst du die Welt in Schwarz-Weiß, wenn du eifersüchtig bist. Entweder – Oder, Leben oder Tod. Alpha und Omega. Der Eifersüchtige verwandelt sich in seinen Rivalen. Um keinen Preis will er verglichen werden. Es bringt ihn um. Linde sah so gern zu, wenn er es mit den Huren trieb! Also gut. Die Einsamkeit. Die Angst. Wenn ich sie zeige, wird es mich beruhigen. Die Eifersucht. Was liegt darunter? Was ist es, was mich so rasend macht? Was hat mich innerlich so aufgerissen?

„Seien Sie vorsichtig damit", sagt Dr. Jacobson, der Nervenarzt. „Es ist zu anstrengend, sich im höchsten Aufruhr der Gefühle selbst wahrzunehmen. Ein gewaltiger Akt der Distanz, knapp an der Spaltung der Person!"

„Es ist der einzige Weg", sagt Munch.

Und arbeitet weiter.

Alpha sitzt in einem finsteren Kasten und sieht zu, wie draußen Omega mit der Schlange spielt. Der Kasten ist schwarz, aber durchlässig, nach vorn hin geöffnet. Farne wuchern hinein, sind die Verbindung zu dem Gras, in dem Omega liegt, ausgestreckt im Gras. Die Schlange kriecht ihr der ganzen Länge nach über den Leib. Omega hält den Kopf der Schlange. Ihre Augen schielen vor Seligkeit.

Es rauscht in Alpha auf. Sie spielt mit einem anderen! Es erregt ihn, es tötet ihn. Es erregt ihn, ihre Lust zu sehen. Es tötet ihn, weil sie sich einem anderen hingibt. Er will nicht verglichen werden mit den starken wilden männlichen Tieren.

Er hört auf zu zeichnen. Er erinnert sich an den seltsamen Abend, an dem Tulla ihn mit der kleinen Frau H. zusammengebracht hatte. Wie sie gewollt hatte, dass er sie küsste. Wie sie ihnen zugeschaut hatte. Sein Herz krampft sich zusammen. Er schreit nach dem Arzt.

DOKTOR JACOBSON MIT DEN ENDLOS LANGEN BEINEN und der hohen, nach vorn gestreckten Hüfte, kontrolliert ihn. Er ist ein guter Arzt. Munch braucht die Aufsicht; er hasst sie. Paranoia und Trunksucht. Er malt Jacobson. Er zahlt es ihm heim. Die Rache läuft heiß in seinen Pinsel hinein. So ist es gut. Das hat er schon mit Strindberg gemacht, nach ihrem Streit, er hat ihn wie eine zotige, weichliche alte Dame gemalt.

Dr. Jacobson denkt vor Schreck nicht darüber nach, dass Munch sich in ihm auch sich selbst porträtiert. Dieselben Farben der Hölle, in der er mit nacktem Oberkörper steht, in den roten und gelben Flammen. Die Hölle, in die sein geliebter Vater ihn schickte. Dr. Jacobson will keinen grünen Bart und keine Höllenfarben. Er hat eine Achillesferse, Eitelkeit heißt sie. Munch kichert; Dr. Jacobson braust auf.

EINES TAGES WACHT MUNCH SCHWEISSGEBADET AUF.

Ein fürchterlicher Gedanke hat ihn erfasst, halb im Schlaf, halb im Aufwachen, er weiß es nicht mehr. In der Nacht hatten ihn die Bilder der Eifersucht verfolgt, besonders der Mann, der vorn im Bild den Betrachter anstarrt, der mit seinem spitzen Kinn und dem Bart seinem Freund Stachu viel ähnlicher sieht als ihm selbst. Wieder und wieder war das Bild aufgetaucht, die verschiedenen Varianten hatten sich übereinandergelegt und verschoben, und plötzlich war etwas in ihm geschehen, eine Art Ruck, ein Verspringen der Erkenntnis. Auch wenn er die Eifersucht als allgemein menschliches Phänomen untersuchen und zur Darstellung hatte bringen wollen, war er immer von seiner eigenen Eifersucht ausgegangen, hatte er sich als den Eifersüchtigen gesehen. Schon, als er am Strand bei den Dorffesten zugesehen hatte, wie die anderen tanzten, und er niemanden hatte, kein Mädchen, an dessen Wange er seine schmiegen, deren Taille er umfassen, deren Herz er an seinem hören konnte, oder später, als er im Schwarzen Ferkel Dagny mit Stachu beobachtete oder Tulla mit Heiberg, als sie, gleich in der ersten Zeit ihrer Verliebtheit, im Lokal mit Heiberg geflüstert hatte und mehr. Immer hatte er sich als Betrogenen begriffen, und sich bedrängt und verraten gefühlt. Doch jetzt, an diesem Morgen, dreht sich alles, und eine entsetzliche Scham befällt ihn, grässlicher fast als die verzehrende Eifersucht, tödlicher, strafbarer: er selbst ist es, der betrogen hat. Er selbst hat mit Dagny Arm in Arm im Schwarzen Ferkel gesessen, obwohl sie Stachus Frau war und er sich schon grün verfärbte, er selbst hatte seinen eigenen Cousin, Carl Thaulow, mit dessen Frau Milly hintergangen, jahrelang, er selbst war immer wieder derjenige gewesen, der dem anderen Unrecht tat, womöglich in die Verzweiflung trieb. Auch wenn alle so taten, als wäre es nur halb so wild, auch wenn er offenbar der einzige war, den es zur Raserei brachte. Was hatte Dr. Jacobson gesagt: Er drehe es um, er behaupte, verfolgt zu werden, um so die Macht über Tulla zu behalten? Und jetzt: Hatte er seine Schuld nicht wahrhaben wollen, und sie verdrängt, und die böse Schuld war ihm als die der anderen erschienen, die Schuld, die ihn verkleidet als der Hass der anderen niederknüppelte, an der er sich festkrallte, um bloß nicht seine eigene zu sehen? War das der tiefere Grund für seinen Verfolgungswahn?

Voll Grauen vor sich selbst, ermattet und beschämt kriecht er unter die durchgeschwitzte Bettdecke. Wie soll er sich selbst ins Auge sehen?

An diesem Tag wird der Patient Munch nicht aufstehen, auch am nächsten nicht.

DIE MONATE IN DER KLINIK VERGEHEN. Sie vergehen langsam. Das Gleichmaß der Tage, die Regelmäßigkeit des Essens, der Bäder, der Massagen, der Spaziergänge tragen dazu bei. Munch fühlt sich weniger gehetzt. Er fotografiert andere Bewohner der Klinik, porträtiert die wenigen, die ihn besuchen dürfen, seine Freunde, Emanuel Goldstein, Helge Rode, Gustav Schiefler, er zeichnet und malt die Schwestern, denkt nach.

Er macht sich wieder an das Selbstporträt. Zeichnet sich zur Vorbereitung vor dem Spiegel. Zerknüllt die Blätter. Fängt von vorn an.

Ein Selbstporträt besteht aus den Trümmern unseres Ichs, aus unserer Liebe, unseren Erfolgen, unserem Scheitern, aus den Toten, die wir mit uns herumschleppen wie eine Aura, wie Kristalle, die sich uns anheften. Das Land der Kristalle. Er kommt wieder auf seine Theorie des Lebens zurück. Niemanden können wir hinter uns lassen, alle sitzen sie in unserem Fleisch. Laura, seine verrückte Schwester, der er sich näher fühlt denn je, seit er in der Klinik auch das Leiden der anderen Patienten mitbekommt, sein Vater, den er enttäuschte, weil er sich auf eine verheiratete Frau einließ, weil er sein Geld mit der Künstler-Boheme versoff, weil er seinen Glauben nicht teilte, seine geliebte Mutter, in deren Leib er sich zurück wünschte, wenn er in das lange Haar anderer Frauen kroch, sich hineinwickelte, sich darin verbarg. Die Schwester Inger und Tante Karen, ohne Männer beide, die zu Hause die Stellung hielten, ihm Briefe und Geld schickten, Geld, solange er es benötigt, Briefe, weil er ihren Zuspruch noch immer braucht. Die aber auch Forderungen an ihn stellen und die Laura ins Asyl verbannt haben. Inger, die ihre Jugend und Schönheit vertan hat und es niemals so benennen würde. Milly, Tulla, Eva Moducci, die kleine Frau H., die Freunde, die Feinde wurden, und die anderen, die ihm die Stange hielten. Muss nicht all dies in ein Selbstporträt?

„Solange Sie sich solchermaßen unter Druck setzen, werden Sie überhaupt kein Selbstporträt machen“, sagt Dr. Jacobson. „Ich verbiete es Ihnen ganz einfach.“

Munch kratzt sich am Bart, den er sprießen lässt, wenn er wütend ist.

„Dann mache ich eben eine Lithographie“, sagt er.

Die Lithographie zeigt ihn, etwas herablassend, mit der Zigarette in der Hand, mit dem ganzen Trotz gegen den Arzt.

„Wenn Sie meinen“, sagt Dr. Jacobson nur trocken, als er es sieht. „Das Beste daran sind die Wellen, die Schwünge, die Linien. Sie sind aufrichtig.“

Die Kristalle. Die Energie.

DR. JACOBSON. DER SANFTE VATER, DER STRENGE VATER.

Dr. Freud in Wien nennt es die Übertragung zwischen Patient und Psychoanalytiker. Auch wenn Dr. Jacobson sagt, er mache keine talking cure, erfährt er viel in den Gesprächen mit seinen Patienten. Munch zum Beispiel ist oft misstrauisch; er glaubt, der Arzt wolle ihm in die Seele, wie er sagt, er wolle ihm hineingreifen und ihn ummodeln, und am Ende wäre er kastriert, könnte nie wieder malen und sich gleich den Strick nehmen. Das theologische Programm der pietistischen Selbsterforschung blickt Dr. Jacobson an. Schade, denkt er, die Katholiken können sich wenigstens bei der Beichte entlasten. Die Protestanten bleiben auf ewig ihrem schlechten Gewissen ausgesetzt. Die Selbstbekenntnisse münden in Selbstzerfleischungen, der liebe Munch hat viel davon.

„Mein Vater war ein sehr, sehr sanfter Mann", sagt Munch. „ich habe ihm wehgetan. Wissen Sie, unsere ganze Familie, die erbliche Belastung. Mit dreizehn Jahren habe ich Blut gespuckt, und dann ist Sophie gestorben! Warum nicht ich? Der Tod meiner Mutter, der Wahnsinn meiner Schwester Laura, die Tuberkulose im Haus; Sie müssen ihn verstehen, er zog sich immer weiter in die Religion zurück."

„Ich verstehe Ihren Vater sehr gut."

„Sie verstehen ihn eben nicht!" Munch wird ungehalten.

„Sie werfen ihm vor, dass er mich eingesperrt hat, in seinen Moralvorstellungen eingeengt, dass er mir eingeimpft hat, dass die Liebe zwischen Mann und Frau eine Sünde ist, vor allem, wenn man wie ich keine Kinder zeugen kann!"

„Oder will", sagt Dr. Jacobson. „Ich habe nichts dergleichen behauptet."

„Aber natürlich! Das suggerieren Sie mir doch die ganze Zeit! Mein Vater ist schuld daran, dass ich mich meiner Geschlechtlichkeit schämen muss! Er hat verhindert, dass ich Tulla geheiratet habe!"

„Aha", sagt Dr. Jacobson auf seine unnachahmliche Weise. „Und was ist mit Ihrer Schwester Inger? Durfte sie auch nicht heiraten?"

„Genau!" Munch sieht den Arzt mit dem Blick an, den der Arzt schon kennt. Jetzt wird sein Gesicht für den Maler zu einer Fratze. Immer größer wird es, in die Länge gezogen wird es, der Kragen immer riesiger und der Schnauzer zum geknickten Kaninchenschwanz.

„Sie denken also, dass ich wie Ihr Vater Ihre Seele umformen möchte, ja?" Dr. Jacobson sieht Munch ungerührt an. „Welchen Nutzen hätte ich denn davon?"

Munch wippt mit dem Knie. Er stützt die Hände auf die Lehne, als wollte er aufspringen.

„Ich möchte nicht, dass Sie so von meinem Vater sprechen!", sagt er.

Munch zeichnet Dr. Jacobson mit seinem langen, schmalen Gesicht und einem ziemlich großen, gebundenen Tuch, das schlabbrig auf beiden Seiten des Knotens herunterhängt.

„Mein Vater", setzt Munch an. Pause.

„Nach dem Tod der Mutter hat er sich immer mehr in sich zurückgezogen. Wir Kinder mussten ihn trösten. Er war hilflos ohne unsere Mutter. Sehr unangenehm, einen Dämon in sich zu haben. Ich habe es Tante Karen schon vor zwei Jahren geschrieben, oder vier. In Berlin habe ich mich manchmal kaum auf die Straße getraut, als ich zum erstenmal dort war. Ich habe immer wieder diese schreckliche Angst gehabt." Er hält sich die Ohren zu. „Ich will das nicht."

Dr. Jacobson wartet, bis der Anfall vorübergeht und Munch wieder ruhiger wird.

„Es war eine schwere Zeit für Sie, für die Kinder."

„Ich war nicht in Christiania, als mein Vater starb. Ich erfuhr es in Paris. Mein Bruder Andreas hat es mir geschrieben. Er schrieb, dass Inger ... Sie hat dem Vater versprochen, bevor er starb, dass wir uns alle im Himmel wiedersehen, vereint mit Sophie und unserer Mutter. Als ich es las, saß ich in irgendeinem Café unter wildfremden Menschen. Ich zog den Hut tief ins Gesicht. Ich wollte mich in einem Erdloch verbergen. In den Wochen danach sah ich überall alte Männer; ich lief ihnen hinterher, dachte, es wäre mein Vater. Ich hätte ihn so gern noch einmal umarmt. Ein einziges, einziges Mal." Tränen laufen. „Dr. Jacobson, ist es normal, dass ein erwachsener Mann so an seiner Familie hängt?"

„Lieber Herr Munch."

„Seine Seele war so sanft."

WIE ER DA AUF DEM STUHL SITZT, fragend, direkt den Betrachter ansehend, als wollte er sich in ihm spiegeln und umgekehrt. Dr. Jacobson betrachtet Munchs Selbstporträt. Nachlässig hat er es auf dem Boden an die Wand gelehnt, zum Trocknen. Ein seltsamer Mensch. Solange er an einem Bild arbeitet, ist es das Wichtigste auf der Welt, und dann – schmeißt er es in irgendeine Ecke. Obwohl die Oberschwester sagt: Dieses wird er nicht verkaufen, dieses wird er mitnehmen wie seinen restlichen Kinderstall. Sie selbst wird es sein, die den Transport organisiert.

„Die Farben haben eine erstaunliche Wirkung", sagt Dr. Jacobson jetzt, „dieses Violett, dieses starke Gelb und das glänzende Schwarz."

Wie Munch sie in den verlängerten Linien gegeneinander gesetzt hat, denkt er still für sich, so ein zerhackter Seelenzustand, zugleich ganz aufgeweicht und auseinanderfallend, gleichzeitig, alles gleichzeitig. Deshalb verlangt Munch auch, dass die Doppelporträts, die er von ihm selbst und von Gustav Schiefler gemacht hat, nebeneinander stehen müssen, damit man sie auf einen Blick erfassen kann. Nur dann komme die ganze Persönlichkeit zum Ausdruck, hatte Munch betont, als er ihm die Gemälde zum erstenmal gezeigt hat.

Dr. Jacobson ist klar, dass sein Patient in diesem neuen Selbstporträt alle Anstrengungen auf sich genommen hat, die Anteile seiner Seele, an der zwei Pferde in verschiedene Richtungen zerren, wie er immer wieder sagt, in einem einzigen

Bild zusammenzubringen. Der ganze Wille sitzt in der Nase, diesen gefährlich scharfen Nasenflügeln und diesem leicht provozierenden Gesichtsausdruck. Was für ein Maler!

Dr. Jacobson war verblüfft gewesen zu sehen, wie unterschiedlich Munch die Ausstrahlung der Doppelporträts erreicht hatte, und das, obwohl Schiefler und er auf jedem der beiden Bilder eine ähnliche Körperhaltung eingenommen hatten. Schiefler saß mit überschlagenem Bein im Stuhl, Munch ebenso, einen Arm auf die Lehne gelegt. (Ihn selbst hatte er aufrecht stehend mit den Händen in den Hüften gemalt.)

Gustav Schiefler, der Freund und Sammler Munchs, war extra aus Hamburg angereist, um den Maler zu besuchen; der hatte ihn sofort als Modell genutzt und lachend über das Gefängnis der Reichen geschimpft, in das er sich selbst eingesperrt habe. Die Treue Schieflers hatte Dr. Jacobson gefallen; ein feiner und herzlicher Mann mit klaren Ansichten, der sich von den Launen und Redeausbrüchen Munchs offensichtlich weder beeindrucken noch abschrecken ließ. In den Porträts im Dezember hatte Munch flaue, durchsichtige Farben verwendet, um die Personen zu charakterisieren; ihm, also Dr. Jacobson, hatte er einen blöden, unförmigen blauen Fleck zwischen den Beinen auslaufen lassen; der Hintergrund war – wie auch auf Schieflers Bild – unruhig flackernd; der Gesamteindruck weich, fast ein wenig haltlos, ja, verrückt, wie der Maler eben selbst. Die Porträts vom Januar hingegen schienen die Außenseite Schieflers und von ihm selbst zu zeigen; die Konturen schärfer, die Farben prägnanter, die Umrisse anders akzentuiert. Alles entschiedener. Zwei starke Persönlichkeiten.

Dr. Jacobson betrachtet Munch, den Munch auf dem Gemälde, während der andere Munch, deutlich erschöpfter und aufgelöster als auf dem Bild, ihm dabei zuschaut. Jetzt kommt sich der Arzt schon selber verrückt vor, so zwischen den beiden Munchs. Er konzentriert sich auf das Gemälde, das von der frischen Farbe glänzt. Der Anzug ist schwarz, etwas violett, blau, der Arm ist auf die Stuhllehne gelegt, die rechte Hand hängt wie eine Klaue herab; übergroß, zentral – die gesunde Hand. Die gute Hand, die Malhand. Und der Zeigefinger ist so lang, als wäre er der Pinsel. Die beschädigte Hand ist nicht zu sehen, Munch hat sie einfach herausgehalten, im Wortsinn, was für eine Idee, er hat das Bild dort abgeschnitten, wo sie aus dem Ärmel herausschauen würde. Ist es vielleicht ein Abschied?

Erzeugen, zerstören, erzeugen, denkt Munch, der auf dem bequemen Lehnstuhl gegenüber sitzt, eine – ausnahmsweise erlaubte – Zigarre raucht und den Arzt beobachtet, wie er das Gemälde studiert. Die Vertikale in Orange, Gelb und einer Spur Violett, denkt er, setzt einen schönen Kontrast zu meinem dunklen Körper, in dem ich feststecke mit meiner ganzen Melancholie. Meinen Schatten, Doppelschatten, Schatten, die sich verselbständigen, sich ablösen, mit denen ich mich unterhalten kann. Ah! Ob Dr. Jacobson das Gesicht im Fenster bemerkt? Ob er sieht, dass die Leinwand durchscheint? Eine Erfahrung, wie kaputt sie mich auch gemacht hat, in ein Bild zu verwandeln, heißt, der Hölle das Leben abzutrotzen. Ich will. Das Leben. Die Hand Marats, die Charlotte Corday fast berührt. Die Diagonale des hingestreckten Männerkörpers, zu ihr hin. Die verdammte Sehnsucht nach Berührung.

„Ihre Bilder wissen mehr als Sie", sagt Dr. Jacobson und dreht sich zu Munch um, er sagt diesen Satz zum wiederholten Male.

Er bewundert Munchs Lebenswillen. Seine Stärke. Seine Unerschrockenheit. Zu einem gegebenen Zeitpunkt wird er es ihm sagen. Aber Munch weiß es selbst. Seine Bilder sind nicht krank, auch wenn es Leute gibt, die es behaupten. Die Leute erschrecken immer so schnell. Die Bilder sind ein Akt der Selbstbehauptung, und sie sind mehr als das.

MUNCH FÜHRT LANGE GESPRÄCHE mit Dr. Jacobson. Über das, was ihn als Künstler beschäftigt, und warum. Dass er von Anfang an lebende, atmende Menschen zeigen wollte, keine Frauen, die stricken oder Äpfel, die schimmeln. Ihr Leid, wenn ein Mensch stirbt, ihr Leid, wenn sie lieben und verlassen werden.

„Die Leute sollten kommen und das ansehen, andächtig: das Leben. Das war für mich das Heilige. Doch sie kamen und haben gelacht. Die Männer haben den Frauen die Augen zugehalten, in Berlin, als wir diese Bilder zum ersten Mal zeigten!"

„Sie haben eine Abweisung erfahren", sagt Dr. Jacobson.

Munch schweigt.

„Sie haben doch aber auch Anerkennung erfahren", fährt Dr. Jacobson nach einer Weile fort. „Ihre Kollegen haben Sie unterstützt; man hat Gutes über Sie geschrieben. Sie konnten Bilder verkaufen. Und jetzt, jetzt reicht man Ihnen die Hand aus Ihrem Heimatland."

Munch schweigt.

Er erzählt ihm von seiner Zeit in Berlin, von Stachu und Dagny.

„Ich habe die beiden gemalt. Sie kamen in Paris in eine Ausstellung, in die ich das Bild gehängt hatte. Und plötzlich wollte ich nicht, dass sie es sehen. Ich habe es kaum ausgehalten. Stachu und diese Frau, es ist ein Wunder, dass er nicht verrückt geworden ist, alle waren hinter ihr her, halb Berlin, wegen ihr kamen viele in die Kneipe, und sie hat es ausgereizt. Und am Ende ist sie mit einem Russen durchgebrannt, und der, der hat sie später erschossen. Und warum? Weil ihm ihr Lachen nicht gefiel. Der Satansbraten. Er hat ihr etwas Ernsthaftes erzählt und sie hat gelacht. Da hat er abgedrückt."

Was ist ein Mann, was ist eine Frau? Was ist Scham, was bedeutet Sünde? Ihre Gespräche sind oft sehr philosophisch. Wenn Munch danach in seinem Zimmer sitzt, sieht er aus dem Fenster in den Park oder starrt die Tapete an und spricht mit sich selbst. Gewisse Dinge, denkt er, muss ein Mann mit sich allein ausmachen.

Als Dr. Jacobson und die helle Schwester ihm das nächste Mal die Elektroden anlegen – sie tun es jetzt immer seltener – zeigt Munch plötzlich mit dem Finger erst auf die eine, dann auf die andere und sagt: „Negativ ist weibliche Energie und positiv ist männlich."

Dr. Jacobson und die Helle sehen sich an. Die Helle ist gekränkt. Dann sagt Dr. Jacobson: „Genau, Herr Munch, und morgen machen wir es umgekehrt."

Einmal ist Munch in Erzähllaune, der Arzt hört ihm zu.

„Ich war einmal in einem Vergnügungslokal, damals in Paris. Ich hatte ein Mädchen entdeckt, das ich schön fand. Als sie bemerkte, dass ich sie anlächelte, wurde ihr Gesicht zu einer Maske. Ich wurde traurig, und dann kamen Rumänen und machten eine Musik, in der alles steckte: Liebe und Leidenschaft, Hass und Versöhnung. Die Musik und die Farben verschmolzen. Ich wollte etwas tun, ich war so fortgetragen von diesem Augenblick, und so ging ich nach Hause und machte das Bild, mitsamt dem blauen Dunst, den ich gesehen hatte.

So. Das war das Heilige für mich, das sollten die Menschen sehen. Die aber haben nur den Kopf geschüttelt."

„Sie setzen sich mit der Abweisung auseinander", sagt Dr. Jacobson.

Munch schweigt.

Munch zeigt Dr. Jacobson seinen Zyklus, soweit er ihn fertig hat. Es ist das Werk, das er in der Klinik vollbracht haben wird, es fehlt nicht mehr viel, und er ist mehr als stolz darauf. Er ist glücklich. Sie sprechen über die Tiere.

„Wer sind die Tiere? Können Sie mir das sagen?"

Zuerst erklärt Munch, es seien Heiberg, Krogh und Jäger. Die ihn hintergingen. Mehrmals erklärt er es dem Arzt. Eines Tages ändert er seine Meinung.

„Ich bin alle", sagt Munch und zeigt auf die Blätter. „Sehen Sie sich den Bären an, den Omega küsst. Vielleicht kommt Omega gar nicht an ihn heran, sein Fell ist ganz dunkel, verschlossen. Er ist in mir. Genau wie Alpha, der weich ist und sich nach Hingabe sehnt. Da liegt er und ist so zart und verletzlich."

Dr. Jacobson zieht die Brauen hoch.

„Erstaunlich", murmelt er. „Ganz erstaunlich. Ich glaube, wir haben heute einen großen Durchbruch erreicht."

An diesem Tag noch macht Munch das Blatt, auf dem Omega auf dem Hirsch fortschwimmt und Alpha allein am Strand zurückbleibt. Ich bin verwahrlost und menschenscheu, mein Kopf ist böse vor Wehmut und schweren Gedanken. Komm, halt meinen Kopf. Leg deine Hand in den Rachen des Tigers.

Der Bär, 1909

HIMMEL UND HÖLLE setzt Munch in Bewegung, um seinen Zyklus *Alpha und Omega* drucken zu lassen. Alles hat er vorbereitet; allein, er hat kein Geld für die Steine und den Drucker. Die Oberschwester, die sich schon um die große Ausstellung im Kunstverein gekümmert hat, in Kopenhagen, im November, unfassbar, die Bilder eines Irren, hatte man gemunkelt, nein, die Bilder eines großen Künstlers, nimmt ihm die Belange der Außenwelt ab, von der er abgeschirmt bleiben soll. Sie unterstützt Munch in allem. Dr. Jacobson hat sie eigens dafür eingeteilt.

„Dieser unpraktische Mensch!“, hat sie gesagt und ist ein bisschen rot geworden.

Jetzt spricht sie mit zahlreichen Druckereien, holt Angebote ein. Munch schreibt Briefe an Gustav Schiefler, Jappe Nilssen, seine Familie und andere, die ihm die Druckkosten vorschießen könnten. Es ist mein Meisterwerk, schreibt er. Ihr werdet sehen. Mehrfach hat er in der Zeitung gestanden, er ist kein Niemand mehr. Schließlich findet sich die dänische Reproduktionsanstalt bereit, eine begrenzte Auflage des Zyklus herzustellen, 50 Stück, 20 auf japanischem Papier, 5 auf grauem Karton und 25 auf weißem. Die Steine, die Munch sonst immer mitkauft, muss er in diesem Fall zurückgeben, für die weitere Nutzung. Er knurrt. Was bleibt ihm übrig. Er lässt die Bilder auf Transferpapier übertragen, so kann er sie später auf andere Steine aufbringen.

Im März wird die Ausstellung in der Galerie Blomkvist in Christiania gezeigt, nicht an der Wand hängend, sondern in einer Mappe. Sie wird ein Achtungserfolg. Munch wird den Druck kurze Zeit später bezahlen können: Fünf große Gemälde kauft die Nasjonalgalleriet in Christiania. Jens Thiis, der neue Museumsdirektor und einer von Munch treuen Freunden, glaubt an ihn, auch wenn manche Leute noch immer sagen: Was für eine gemeine, schlampige Schmiererei. Was für ein unfertiges Gekrakel.

ERINNERUNGEN, LINIEN, FARBEN, wie ein Phonograph möchte ich die Schwingungen, die ich spüre, wiedergeben, wie Musik, wie eine große symphonische Dichtung. Die Menschen in ihrem tiefsten Inneren, die Elementarkraft der Sexualität, die Freuden der Liebe, das Leid, den Tod, das Altern, alles das, was Leben ist.

Immer häufiger überfällt Munch eine tiefe Freude, eine Zuversicht, wie er sie lange nicht empfunden hat, ein Gefühl für seine eigene Kraft.

Ich will nach Hause zurückkehren, beschließt er, ohne Angst, ich habe Sehsucht nach der Landschaft meiner Kindheit, den weiten blauen Fjorden, die im Sonnenlicht glitzern, den verzauberten Wäldern an der Küste, den sanften Wiesen im Abendlicht und den kleinen, weiß strahlenden Dörfern, ich will mir all das nicht nehmen lassen von ein paar Neidern, dummen, kalten Menschen, die mit mir nichts zu tun haben. Ihre Boshaftigkeiten schleppe ich ohnehin mit mir herum, wohin auch immer ich gehe. Warum soll ich auf die Schönheit verzichten, die mir so viel gab?

Ja. So ist es. Ich habe Sehnsucht nach den phantastischen, hellen Sommernächten, in denen man nicht schlafen kann, in denen man umherwandert und alles sieht wie zum ersten Mal, nach dem überraschenden, würzigen Geruch des Frühlings, wenn alles zu explodieren scheint, mit tausend Blumen und Bäumen und Lichtern, weil die Erde ein Wesen ist, das stirbt und lebt und stirbt und lebt, und ich bin ein Teil von ihr.

DR. JACOBSON SCHLÄGT MUNCH VOR, einen Spaziergang zum Hafen zu machen. Bisher ist Munch, in Begleitung, immer nur im Auto bis zum Zoo gefahren worden und zurück. Nichts anderes hatte er sehen wollen, und wie ein Getriebener hatte er seine Schritte vom Wagen bis zum Eingang gelenkt, bis er beim Betrachten der Tiere nicht mehr darüber nachgedacht hatte, wen er treffen, wer ihn sehen könnte.

An der Mole stehen die beiden Männer, es ist Ende März oder Anfang April, der Frühling kommt, es riecht nach Fisch und Salz und die Gischt spritzt auf, wenn die Wellen gegen die Kaimauern donnern. Schiffe fahren ein und aus.

Plötzlich muss Munch an Gauguin denken, der, von einer ähnlichen Unruhe getrieben wie er, viel weitere Wege genommen hat, fort von Europa, bis in die Südsee, immer wieder hatte er sich eingeschifft dorthin.

Er erinnert sich an seine ersten Aufenthalte in Kopenhagen, wie er bei Mette Gauguin, der Frau des abwesenden Künstlers, seine Bilder zum ersten Mal in Ruhe hatte studieren können, mit klopfendem Herzen und staunend, dass da noch einer unterwegs war, Träume und Wirklichkeit in ein einziges Bild zu packen, gleichberechtigt nebeneinander zu stellen, der auch die Nacktheit des Menschen oder nackte Menschen malte, ohne religiösen Zusammenhang und ohne mythologischen Anlass. Der sich überhaupt um die Tradition wenig scherte, auch wenn er Holbein und Cranach liebte und manche Motive aufgriff. Höchst beunruhigt hatte er all das zur

Kenntnis genommen; und auch die Holzdrucke des Franzosen, der die ersten Jahre seiner Kindheit, wie er nebenbei erfuhr, in Peru verbracht hatte, hatten ihn tief beeindruckt und beflügelt.

Mette, Gauguins Frau, verkörperte mehr als alle Frauen, die Munch bis dahin getroffen hatte, einen völlig neuen Typ; ihre Haare hatte sie kurz geschnitten, sie trug Männeranzüge und rauchte Zigarren, aber vor allem verstand sie etwas von der Kunst und war fähig, für sich und ihre fünf Kinder zu sorgen. Einigermaßen jedenfalls.

„Ob ich Mette Gauguin besuchen könnte?“, fragt er unvermittelt Dr. Jacobson, der geduldig neben ihm steht und sich den Wind um die Nase blasen lässt.

„Ein schöner Gedanke“, antwortet er, „es freut mich, dass Sie daran denken. Wir sollten uns aber ein wenig Zeit geben, uns mit dem Gedanken anzufreunden, finden Sie nicht?“

Munch knurrt. Er hat große Lust, ein paar Bilder bei Mette anzusehen, obwohl er weiß, dass ihre Sammlung sehr geschrumpft ist.

„Lassen sie uns umkehren“, sagt Dr. Jacobson, „mir wird langsam kalt.“

Insgeheim freut sich der Arzt, dass sein Patient, der nun schon seit einem halben Jahr von der Welt mehr oder weniger abgeschieden bei ihm lebt, überhaupt den Wunsch verspürt, jemanden zu besuchen. Aber er hält ihn noch nicht für stabil genug. Einen Rückfall kann er nicht riskieren.

DAS FRÜHJAHR IST DA, der Schnee ist geschmolzen, im Park blühen Blumen und das Gras sprießt. Manchmal gesellt sich Munch, der nach wie vor seine Runden durch den Park dreht, ein Mitpatient zu, ein kleines dünnes Männchen mit spitzem Hut und spitzem Bart, der neben ihm her hopst oder sich zu ihm auf die Bank in die Sonne setzt (ein winziger Widergänger Kollmanns). Er erzählt ihm mit großem Ernst, unterbrochen von heftig meckerndem Gelächter, vom Untergang der Welt und der einzig möglichen Rettung durch den Grießbrei seiner Großmutter, den alle Menschen essen müssten, unter Verzicht auf alles Geschlechtliche, was er sofort widerlegt, indem er vorschlägt, so oft wie möglich den lieben Schwestern in Weiß und ganz besonders der in Schwarz wie kleine Mäuse unter den Rock zu schlüpfen und die Nase in alles hineinzustecken.

Es wird Zeit, diesen lieblichen Ort zu verlassen.

Das letzte Blatt war das Schwerste, denkt Munch, als er die Mappe mit dem Zyklus in seinen Koffer packt und noch einmal voll Zärtlichkeit die einzelnen Blätter betrachtet.

Trolle, halb Tiere, halb Geister, jubeln. Dahingestreckt liegt Alpha, einen Fuß im Wasser. Der Tiger hat die riesige Pranke auf seinem Geschlecht, das an zentraler Stelle im Bild platziert ist, die übergroßen Beine betonen es noch. Der Affe hält in seinen langen Armen den Stock. Ratlos steht er da.

In aller Kunst ist dieses Töten. Der Kopf des Toten ist nicht zu erkennen. Steine liegen umher. Der Tiger hat gesiegt. Der Tiger hat Alpha entmachtet. Das männlichste Tier den zärtlichsten Mann, die Vernunft das Gefühl, die Abstraktion die Sehnsucht. So lebt es sich weiter. Das Ende einer Liebesgeschichte. Der Kampf um die Kunst. Alpha ist tot, doch das Bild ist reine Bewegung. Es gibt nichts Eindeutiges. Da ist die Liebe, da ist das Scheitern.

„Der Affe erschlägt Alpha? Was ist das? “, fragt Dr. Jacobson. Er weiß nicht, was er davon halten soll. Munch ist in einer sonderbaren Verfassung.

„Eine Zeichnung“, sagt er und sieht ihn etwas von oben herab an. Dann verändert sich sein Gesichtsausdruck, er wird ernst.

„Der Affe ist ein Feigling.“

„Aha.“

Jetzt schwiegen beide. Munch fängt an, mit dem Fuß auf den Boden zu schlagen. Er hört wieder auf.

„Der Affe hält den Knüppel mit seinen langen Armen. Er sieht ratlos aus“, versucht es Dr. Jacobson.

„Er sieht so aus wie die Männer in meinen Bildern der Eifersucht, genauso aufgerissen sind seine Augen, genauso spitz ist sein Kinn.“

„Aha“, sagt Dr. Jacobson.

„Ich möchte das Bild nicht erklären“, sagt Munch. „Es ist Vergangenheit.“

„Dann hören wir heute damit auf.“

Die Tiere haben Alpha erschlagen, weil er Omega getötet hat. Er hat sie getötet, denn sie hatte Kinder mit den Tieren der

Insel. Sie floh, sie kehrte zurück, er ertrug es nicht, immer wieder zu warten. In seinen Ohren schrie es rot: Da hat er Omega ertränkt, und ihr Antlitz war so wunderschön wie damals im Wald, als er sie am meisten geliebt hat.

Wir müssen das Kindliche besiegen.

Er muss der Liebe entsagen.

„Und dem Alkohol“, sagt Dr. Jacobson.

Vielleicht einmal die Woche zu den Huren. Vielleicht. In jedem Fall muss es eine Ordnung geben. Die Frauen betrachten wie schöne Blumen. Ist besser so.

Im Mai verlässt Munch das Sanatorium. Am Tag zuvor gibt es ein Abschiedsfest. Die Schwestern sind traurig, dass er geht. Er war ihr Prinz, er wurde ihr König. Sie haben ihm Strümpfe gestrickt, Kuchen gebacken, Marmelade eingekocht. Alles muss er mitnehmen, alles wird in seine Kisten gepackt. Im riesigen Saal, in dem sonst zwanzig Patienten in ihre Decken eingewickelt liegen und über sich selber brüten, haben sie Platz gemacht und eine lange Tafel aufgebaut. Sie haben sie weiß eingedeckt, mit Silber und Kerzen und Blumen. Sie haben das beste Essen aufgefahren, würzigen Käse, frischen Fisch, riesige Gemüseplatten, köstliche Soßen, nur Wein gibt es nicht, leider, leider, da ist der Herr Doktor ganz streng, also trinken sie Apfelmost, das ist doch auch ein herrliches Getränk, nicht wahr, lieber Herr Munch? Jaja. Alle Patienten sind dabei, sie plappern und plärren, tun vornehm und sitzen still und freuen sich an den guten Sachen. Für alle wird es in Erinnerung bleiben, dieses besonders schöne Fest, und der Tag, an dem uns Herr Munch verließ, der verrückte Maler aus Norwegen. Und Herr Munch trägt einen Zylinder und einen Gehstock, er spielt Peer Gynt, der nun nach langer Reise nach Hause zurückkehren will, nach Norwegen, das schöne Land im Norden, seine Heimat. Er macht liebenswürdige Komplimente an alle, er zeigt sich großzügig und schenkt den Schwestern, die ihn so gut umhegten, Zeichnungen, von den Tieren aus dem Zoo, Äffchen und Flamingos, und ihre eigenen Porträts.

„Nun geht es hinaus", sagt Dr. Jacobson und schlägt ihm auf die Schulter.

„Ja", sagt Munch, „jetzt geht es hinaus."

III

Ekely

Kinder unterm Apfelbaum, 1919

Alte Bäume, (Winter, Ekely), ca. 1923

Der Nachtwanderer (Selbstporträt), 1923/24

Modell am Korbstuhl I, 1919–21

NICHTS IST KLEIN – NICHTS IST GROSS – was ist die Zeit? Nichts ist groß – nichts ist klein – was ist die Liebe? Nichts, nichts –

Jedes Nichts lässt sich entfalten als die Geschichte einer Sehnsucht.

MUNCH SIEHT IHR IM GARTEN ZU, wie sie zwischen den aufblühenden Büschen umherstreift, den Apfelbäumen, an denen die Früchte im Sommer grün und rot werden und die Kinder toben und lachen und darauf warten, die reifen Äpfel in ihre Münder zu stopfen, der Krieg macht sie hungrig und jede Frucht zu einer Köstlichkeit. Die Sonne scheint, ihr helles Licht.

„Schlag die Augen nieder", sagt er, oder „Sieh mich nicht an, schau irgendwohin, dann wirkt es ungezwungener."

Er sucht keine Pose; er liebt den Augenblick, in dem sich das Alltägliche verdichtet, in einer einfachen, natürlichen Geste. Er zeichnet ihr dichtes, blondes Haar, ihre schlanken, biegsamen Körperlinien, und flüsternd erzählt er ihr von seiner großen Einsamkeit in den letzten Jahren, ach was, Jahrzehnten, seit er in diesem Haus lebt, auf Ekely, am Rand Christianias, das nun wieder Oslo heißt, mit seinen Hunden, seinem Pferd, wo er seine Bilder in die Apfelbäume hängen konnte, zum Trocknen, zum Verwittern, damit die Natur selber malen konnte, und er so dem Geheimnis näher kam, dem Geheimnis der Kristallisation.

Hilde, wie er sie zärtlich nennt, als wäre sie die Figur aus Ibsens Drama, Hilde springt, steht still, lacht und fragt.

Dass mir das noch einmal passieren würde, denkt er, das hätte ich nie geglaubt.

Eines Tages hatte sie vor der Tür gestanden, auf Ekely, und ihm ihre Dienste als Modell angeboten. Ein frisches Mädchen, eine Studentin der Jurisprudenz – wie kann man studieren, mitten im Krieg? – und sie wollte sich etwas hinzuverdienen. Es waren ihre Augen, blau, glasklar, herzlich und intelligent, die ihn getroffen hatte, es war ihre Unerschrockenheit, mit der sie auf ihn zukam.

„Ich habe die Bilder in Bergen gesehen“, sagte sie, „die junge Frau, im weißen Kleid, mit dem langen blonden Haar, wie sie einsam am Meeresrand steht, inmitten einer hellblauen Fläche, sie hat keine Füße, ihr Rücken ist so schön und gerade, ich habe sie sofort geliebt.“

Und Hilde redete einfach drauf los, wie sie durch die Rasmus Meyer Sammlung gewandert war, wie die Melancholie sie ergriffen hatte, aber auch der Tanz der Farben, und Munch waren die Augen feucht geworden, und er hatte sie gebeten, Platz zu nehmen und hatte ihr einen Kaffee gekocht. Hilde blieb nicht sitzen, obwohl sie begeistert war von diesem Wohnzimmer, das über und über von Bildern übersät war; es war das großartigste Museum, das man sich wünschen konnte, an der Wand jeder Fleck ein Bild, Entwürfe, Postkarten, Fotografien, auf den Tischen Zeichnungen, Drucke, zwei Staffeleien standen neben dem Flügel, auch er bedeckt von Skizzenblättern. Sie lief ihm hinterher, in die Küche, wie der kleine Welpe, den er sich zuletzt gekauft hatte, der kleine weiße Kerl mit den lustig abstehenden Haaren am Schwanz.

So geht das nicht, hätte er beinahe gesagt, aber er sah, dass es ging, und dass es ihn freute. Sie trug eine grünen Rock, eine braune Jacke und dunkelblaue Strümpfe, „ich dachte, das sind die Farben, die Sie lieben“, und auf ihrem Kopf wippte ein munteres Hütchen, das sie drinnen sofort abnahm, darunter das hochgesteckte helle Haar.

Munch zitterte, als er das heiße Wasser aufgoss.

„Ich zeige dir noch mehr, wenn du willst“, schlug er vor, während sie gierig ein Stück Kuchen verschlang. „Wenn du den Lebensfries sehen willst: jetzt hängt er so, wie ich es mir immer gewünscht habe.“

Er hatte es gar nicht begriffen, wie er da redete, mit der fremden jungen Frau, aber was sollte es, er war alt genug, den Dingen einmal ihren Lauf zu lassen, und wer wusste schon, ob er morgen noch hier sein würde, kein Mensch wusste das.

Nun ist er immer noch hier, ein ganzes Jahr hat er mit ihr inzwischen erlebt, ein glückliches, ein produktives Jahr, und das Wunder ereignet sich immer wieder, sie ist noch hier, sie kommt wieder, und er malt sie im Park, wie sie umhergeht im roten Kleid und ihr helles Haar leuchtet, und er malt den alten Mann dazu, der mit ihr flirtet, und der rot wird, wie ein junger Kerl, und beschämt zugleich, weil, das geht doch alles nicht. Hilde aber nimmt seine Hand, sie lächelt, sie sagt ihm, wie glücklich sie ist, dass er sie angenommen hat, und dann zieht sie ihn in eines der großen Ateliers und lässt sich die Bilder zeigen, wieder und wieder. Munch ist neunundsiebzig Jahre alt, und sie ist vierundzwanzig.

ALS SIE IM VERGANGENEN JAHR AUFTAUCHTE, lag noch der letzte Schnee, es war kalt; Husten und Rheumatismus plagten ihn und die Deutschen, die das Land nun schon seit zwei Jahren besetzt hielten, seit ihrer Invasion im April 1940. Der erste Schock war am schlimmsten gewesen; die Drohung, ihm Ekely fortzunehmen, so wie sie sein Haus in Kragerø konfisziert hatten, mit Mühe hatte er die Bilder, die er dort aufbewahrt hatte, retten können. Aus ungeklärten Gründen blieb Ekely verschont, doch die Angst sitzt ihm in den Knochen. Die Bilder sind seine Kinder, die Vorstellung, ihnen könnte etwas zustoßen, hält ihn in den Nächten wach. Er hält sich auf Abstand, mit den Nazis will er nichts zu tun haben, und mit den Kollaborateuren auch nichts.

Er versorgt sich selbst; schon lange lässt er auf den Äckern von Ekely Kartoffeln, Karotten und Kraut anbauen und im Gewächshaus zieht er Tomaten, Gurken und Salat. Es ist ein großes Gut, sie haben außer den Apfelbäumen Aprikosen, Quitten, Pflaumen. Die Kuh gibt ihnen Milch, und die Hühner Eier. Er muss sich in keiner Schlange am Morgen anstellen, wie die armen Menschen im Dorf und erst recht in der Stadt, weil die Besatzer die Nahrungsmittel rationieren. Das Brot lässt er von Frau Christensen backen, Mehl haben sie eine Menge auf Vorrat. So gut er kann, hilft Munch den Kindern, alleinstehenden Frauen und seinen Freunden, mit Gemüse und eingemachtem Obst. Gut, dass sein Freund Schiefler das alles nicht mehr erleben muss, es hätte ihm das Herz gebrochen, dass die Deutschen, die ihm, Munch, und seiner Kunst einmal zum Durchbruch verholfen hatten, die ihn entdeckt, inspiriert und geliebt hatten, jetzt dastanden als seine Feinde.

„Es sind eben nie dieselben", sagt er zu Hilde, während er sie zeichnet, „du kannst sie nie über einen Kamm scheren. Die einen sind freie Menschen gewesen, die etwas Neues suchten, und diese hier sind Monster, die meine Bilder als entartet erklären, als gemein, niedrig und brutal – weil sie selbst es sind. Wer soll das verstehen?"

DIE ERSTEN FRÜHLINGSTAGE, wie genießt er sie! Er wandert umher, wartet auf die winzigen Knospen, einmal noch will er sie sehen, seit Jahren hofft er nach jedem Winter darauf: Lass mich den Frühling noch einmal erleben, die heller werdenden Tage. Er wandert durch den Garten, den Hang hinunter zum Ulmenwäldchen. Das Licht schimmert zwischen den alten, knorrigen Bäumen, es scheint zu tanzen, die Äste, die es, von Blättern ungehindert, durchlassen, werfen mit ihren dünnen Schatten flirrende Netze, bewegliche Gestalten auf den weichen, modrigen Boden. Er liebt dieses zarte, schwebende Licht, etwas unfassbar Schönes und Freies ist darin, ein Strömen, ein Singen, Glück. Das Gefühl, das ihn manchmal als junger Mann befallen hatte, etwas Ziehendes am Herzen, die schmerzliche Sehnsucht, die eigene brennende Haut an die einer jungen Frau zu legen, sie zu umarmen, seine Lippen mit den ihren aneinander zu pressen. Damals war er oft umhergestreift, am Meer entlang und durch die Wälder, hatte von ihren Rändern aus den Tanzenden am Strand zugesehen, oder sich immer tiefer in sie hineinbewegt. Einmal war er einer Stimme gefolgt, einer jungen Stimme, die eines Mädchens, er suchte sie, doch immer wenn er sich schon ganz nahe glaubte, ihrem betörenden Gesang, hatte er sie wieder verloren, klang sie wie von weiter fort, und als er lange gelaufen und erschöpft war, sagte er sich, dass es wohl ein weiblicher Troll gewesen sein musste, der ihn derart gelockt und an der Nase herumgeführt haben mochte.

Womöglich war es nur eine Stimme in meinem Kopf, sagt er jetzt zu sich selbst und bleibt stehen, und nichts ist da gewesen außer der Stille und dem Flüstern der Kiefern im Wind.

Er zieht den kleinen Skizzenblock aus der Jacke und skizziert die kräftigen Baumstämme der Ulmen, wie menschliche Körper, mit Knien, Hüften, Augen; er lacht über sein Unvermögen, Bäume ohne menschliche Regungen zu zeichnen, er kann machen, was er will, der Stift in seiner Hand führt ein Eigenleben. Er geht weiter, das zarte Grün, das sich hier und da aus der braunen Blätterdecke herausschiebt, neben herabgefallenen, abgebrochenen Zweigen, leuchtet; wehmütig wird ihm; er nimmt den würzigen Geruch von Erde, Holz und Wachstum in sich auf. Er muss husten. Das Husten tut ihm weh; das Gehen hat ihn wohl angestrengt; Atemnot zwingt ihn stehen zu bleiben. Er stützt sich an einen Baum. Wartet, bis es besser wird, bis er in langsamen Schritten den Weg zum Haus zurück machen kann.

Vielleicht hätte ich warten sollen, dass Hilde mich begleitet, denkt er, aber er geht zu gern allein durch das Wäldchen. Er erinnert sich an die schreckliche Zeit, als er wegen seines Augenleidens nicht in der Lage war, allein herumzulaufen, eingesperrt war er gewesen, lange Zeit hatte er das Bett, das Haus nicht verlassen können, und erst nach ein paar Wochen hatte er, am Arm geführt von Hildur, winzige Spaziergänge machen können, tappend wie ein armer, humpelnder Idiot. Trotzdem hatte es ihm damals geholfen, den Wald zu riechen, die Vögel zwitschern zu hören und die Sonne auf der Haut zu spüren, auch wenn die Helligkeit anstrengend gewesen war.

„Es war entsetzlich“, sagt er zu Hilde, die nicht da ist, „als meine Augen erkrankten.“ Er erzählt ihr alles, während er im Scheckentempo einen Fuß vor den anderen setzt, schwer atmend, den Berg hinauf zum Haus. Die Leute im Dorf sagen, dass er oft mit sich allein spricht.

„Erst das eine Auge. Wie es sich verdunkelte, wegen eines sonderbaren Blutergusses. Dann das andere. Ein großes schwarzes Federvieh hockte mitten in meinem Auge. Das rechte war hinüber, und auf dem linken sah ich manchmal alles wie durch ein Gitter. Es löste sich wieder auf, ich konnte klar sehen, aber an anderen Tagen sah ich nur eine kreisrunde Fläche. An solchen Tagen konnte ich mit Kohle auf der weißen Leinwand arbeiten, fast blind. Das Malen war so gut wie unmöglich; ich versuchte, das, was ich sah, mit Aquarellfarben aufzuzeichnen, und manchmal war es ein großes wirres Monster, das ich sah, das auf ein anderes formloses Etwas starrte. Nicht zu sehen war wie sterben. Als ich jünger war, hatte ich immer geglaubt, dass der Tod meine eigentliche Geburt werden würde, aber jetzt wusste ich: Der Tod, das heißt, nichts mehr zu sehen. Du bist von allen verlassen, in einen finsteren Keller gesperrt. Sie haben die Tür zugeschlagen und sind fortgegangen, du spürst nur noch das feuchte Leichentuch. Es ist nicht spaßig, alt zu werden. Schon gar nicht, wenn du allein bist. Aber was soll das? Fort mit diesen Gedanken. Dieser Frühling ist großartig, und ich bin dankbar, ihn zu erleben! Weißt du, liebe Hilde, wenn ich sterbe, dann will ich zerfallen und zu einer Blume werden und blühen!“

Munch bleibt auf der Terrasse unterhalb des Hauses stehen und sieht hinunter zum Dorf. Die Leute im Dorf putzen ihre

Häuser. Es ist der zweite, genau genommen der dritte Frühling unter deutscher Besatzung, was sollen sie tun, das Leben geht weiter, die Bäume schlagen aus, die Böden müssen gescheuert werden, die Zimmer gelüftet, die Ställe ausgemistet, die Fenster von den Schlieren befreit und die Zäune frisch gestrichen. Doch die Freude, der Übermut, die sich sonst dabei bemerkbar machen, bleiben aus. Kaum ein Lachen fliegt hin und her, kaum ein Scherz wird gemacht. Die Situation ist bedrückend. Im Nachbardorf stehen Panzer, ein Depot mit Luftabwehrbatterien und Waffen befindet sich dort, doch verteidigt werden nicht sie.

Nur die Kinder spielen im Freien Fangen und vergessen die schwierige Zeit. Laken hängen an langen Leinen, flattern im Wind, weiß vor dem hellblauen Himmel mit den feinen Wolken, von einer bestimmten Stelle aus kann er einen Streifen des Fjords in der Ferne sehen, kobaltblau, preußischblau. Munch knurrt, warum darf er nicht einmal einfach glücklich sein?

Nachts arbeitet er an seinem Selbstporträt. Zu schade, dass nichts mehr übrig ist, von dem gut aussehenden Mann, der er einmal war! Wie hat Schiefler immer so schön gesagt: Die Frauen fressen Sie ja geradezu auf, mit den Augen! Was ihm nicht ganz gleichgültig war, Mönch hin, Mönch her. Er hatte sich auch immer gut gekleidet, im Anzug aus gutem Tuch, mit Weste und Binder, ganz feiner Herr, vor allem, wenn er das Haus verließ oder reiste oder jemand kam, um ihn beim Malen zu fotografieren. In Hut und Mantel, mit Pinsel und Palette in der Hand, im tiefsten Schnee. Vor seinen Bildern im Freien, vor der Veranda. Nur in seiner Jugend hatte er sich in Hemdsärmeln und Hosenträgern aufgenommen, mit zerwühltem Bett im Hintergrund, oder sogar nackt am Strand von Warnemünde oder im Garten in Åsgårdstrand.

Könnte er die Zeit nur um zehn Jahre zurückdrehen, aber nein: Da sieht er ihn an, im Spiegel, beim Schein der Lampe, ein alter Mann mit dürrem Haar und großer Glatze, das Kinn so hager wie bei einem Totenschädel, die Ohren riesig hervortretend, als wäre er ein Elefant, und die Augen, das Beste an ihm, eingesunken in ihren Höhlen. Unbegreiflich, dass diese junge Frau ihm schreibt: *Lieber Herr Munch, wann darf ich wiederkommen? Es ist so schön für mich, bei Ihnen zu sein!*

Wie die Kraft langsam nachlässt, es ist ein Jammer, aber was hilft es, er setzt sich dem aus, wie allem, das Altern will er festhalten wie alles andere auch. Ja, nichts ist groß – nichts ist klein – das ist die Zeit. Wenn die Uhr unaufhaltsam tickt, in die Stille deines nächtlichen Zimmers hinein. *Lieber Herr Munch –*

Als Birgit ihm Modell stand, war er bezaubert, aber nicht in diesem Aufruhr, es war mehr eine distanzierte Faszination, die er genoss, wie ihren Stolz und ihre Eleganz. Er hatte sie stets wie ein Gentleman behandeln können, nie provozierte sie ihn; er begleitete sie oft auf dem Weg durch das Wäldchen hinunter zur Hoffsallee. Bevor sie ging, schnitt er eine Rose ab und überreichte sie ihr. Ihr Gesicht war oval und ihre Augen und ihr Mund so groß und anmutig wie aus einer anderen Zeit, doch sie war eine außerordentlich moderne und selbstbewusste Frau. Eine unnahbare Königin, keine, die eins wird mit der Natur.

Anders war es mit Ingeborg gewesen, an sie musste er oft denken, seit Hilde ihn zum ersten Mal besucht hat. Nicht, dass sie irgendeine Ähnlichkeit hätten, im Gegenteil, aber Ingeborg hatte ihm damals auch so ans Herz gefasst, hinreißend in der Art, mit der sie sich ihm anvertraute. Wie scheu sie den Kopf gesenkt hatte, wenn sie nicht arbeiteten, sondern einfach so beieinander waren. Zum ersten Mal hatte er so etwas wie väterliche Empfindungen gehabt, doch nicht nur; er begehrte sie auch, aber er konnte sich bezähmen, es war fast mehr die Freude an dem Gefühl, an der Lebenslust, die damit einherging, als der Wunsch, sich ihr zu nähern oder sie zu verführen. Dabei war er damals noch gar nicht so alt gewesen, ein Mann in den Fünfzigern, und gut in Schuss.

Munch hat aufgehört zu malen, so sehr muss er an Ingeborg denken. Er ist allein im Haus, es ist sehr still, die Hunde schlafen längst in ihren Körben. Er legt Pinsel und Palette weg, steht auf und geht ins Wohnzimmer. Dort hängt sie an der Wand, sein liebstes Bild von ihr, der weinende Akt. Ingeborg.

Ingeborg fühlte ihn, seinen Blick, jeden Zentimeter ihres Körpers erfassend.

Er kannte sie, das wusste sie, besser als sie selbst. Er kannte sie hier und jetzt, er kannte ihr Leben, das noch kommen würde, ihre Liebe, ihren Schmerz, bis zum Schluss, und sie, sie ließ es geschehen, dass er sie so sah, sie durchdrang, ohne Anstrengung, einfach so. Manche hielten seinen Blick nicht aus, und bei manchen hielt er es nicht aus, dass er sie so sehen musste. Deshalb strengte ihn das Zusammensein mit den meisten Menschen an.

Am Anfang, bei den ersten Malen, war Ingeborg, was seinen Blick betraf, noch vollkommen unbefangen. Sie musste sich erst einmal an das Nacktsein gewöhnen und an das Stillhalten; ihre Knie taten weh, oder ihr Hals verspannte sich. Was sie viel befangener machte als die subtilen Gedankenübertragungen des Malers, war die Tatsache, vor einem fremden Mann ohne Kleider zu sein. Ihre Mutter hatte Munch Modell gestanden, sie hatte es ihr erklärt, und doch war es etwas höchst Ungewöhnliches, wenn nicht sogar Ungebührliches. Nackt zu sein. Vor einem Mann. Die Leute im Dorf sparten auch nicht mit spöttelnden Bemerkungen. Sich auszuziehen und herumzustehen, was sollte das für eine Arbeit sein?

„Atme tief ein“, sagte Munch, der ihre Anspannung bemerkte, oder „richte dich einen Augenblick auf.“

Damit war sie beschäftigt.

Als es ihr leichter fiel und sie begann, seinen Blick zu fühlen, hatte sie eines Tages angefangen, am ganzen Leib zu zittern. Sie stand mitten im Zimmer, in seinem Schlafzimmer, was ihr höchst unangenehmen war, doch er wollte den Hintergrund haben, sagte er, das Bett in der Ecke, die Tür, die sich zum Nebenzimmer öffnete, den bunten Teppich.

„Setz dich auf das Bett“, sagte er.

Sie blieb stehen.

„Was ist?“

Sie wurde rot.

„Du willst nicht?“

Sie schüttelte den Kopf.

Sie stand nackt da, den Kopf gesenkt, ihr langes Haar versteckte ihr Gesicht, die Minuten vergingen. Dann hörte sie das Schaben der Kohle auf der Leinwand, zügig, fast ungeduldig.

Sie stand da, verloren, ratlos, in sich gefangen, in jedem Fall aus der Welt gefallen, und im selben Moment begriff sie, dass es so war, und sie begriff noch mehr, ohne es zu wollen, dass nämlich er, Munch, an etwas dachte, an eine andere Person, an etwas, das ihn unendlich traurig machte, sie konnte es nicht erklären, doch sie war sich vollkommen sicher, und ihre Augen füllten sich mit Tränen, sie liefen über ihr Gesicht, sie schmeckte sie salzig an ihren Lippen, sie sammelten sich, dann fielen Tropfen zu Boden. Sie rührte sich nicht.

Sie hielt dem stand.

Als sie noch länger für Munch arbeitete, als sie seine Wäsche machte, das Essen für sie beide zubereitete oder die Koffer für die Reise packte, hörte sie auf zu weinen. Es war wie eine Lehre des Herzens für sie, und als sie Munch nach ein paar Jahren verließ, um den jungen ungestümen Maler zu heiraten, wusste sie, dass sie sich vor nichts fürchten würde.

Damals hatte allerdings Munch geweint, abends spät und allein, nachdem sie ihm gesagt hatte, dass sie nun heiraten und nicht mehr für ihn Modell stehen würde, und er weinte jedes Mal, wenn eines seiner Modelle ihn aus welchem Grund auch immer verließ. Ingeborg, Frøydis, Annie, Birgit, Hanna.

Doch beim ersten Mal, bei Ingeborg, hatte es ihn am härtesten getroffen. Nicht, dass er nicht damit gerechnet hatte. Doch er hatte es fortgeschoben und sich an sie gewöhnt, sie liebgewonnen; sie hatte ihn oft begleitet, nach Åsgårdstrand, Hvitsten oder Moss, er hatte es nie zu lange ausgehalten an einem Ort, ich brauche Platz, hatte er gebrüllt, ich brauche Platz; und auch nach Prag und Paris war sie mit ihm gefahren, zu den großen Ausstellungen, und hatte für ihn gesorgt. Er hatte viele weinende Akte gemacht, in der Zeit mit ihr. Es war ihre Unschuld, die er zum zweiten Mal in seinem Leben verlor. Es war Millys Unschuld, und so hatte er sie auch gemalt, mit den Pfoten vor dem Mund wie Milly. In dieser zutraulichen Unschuld hatte Ingeborg bald ihre Scheu verloren, sich auf sein Bett zu setzen und verschiedene Haltungen einzunehmen, so wie sie sich von ihm zeichnen ließ, wenn sie sich wusch, wenn sie sich langsam mit dem Waschlappen über den Körper fuhr, wie er es wünschte, oder wenn sie nackt am Strand ausgestreckt in der Sonne lag, auf den warmen Steinen, wie in Moss, wo sie ein paar Mal im Sommer einige Wochen zusammen verbrachten. Sein Herz, ein riesiger dunkelroter Fleck.

Ob er sie je verführt hat? Er würde es keinem anvertrauen. Doch das kleine Bild, auf dem er seine Wange an ihre hielt, sein Kopf viel größer als ihrer, und ihre Augen so sanft, hatte er niemals verkaufen wollen. Jahre später, in der Arbeit mit Annie, der Tänzerin, Annie, die er eine Katze nannte, begriff er, wie eifersüchtig er gewesen war, auf diesen jungen Maler, ihm fiel ein, wie er Ingeborg manchmal aufs Ohr geküsst hatte, und er fing an, das grüne Zimmer wieder hervorzuholen und neu in Szene zu setzen, das Eifersuchtszimmer aus Warnemünde, aus einer anderen Zeit.

Der alternde Mann im Hintergrund, vorn der junge Mann, gelb, im Profil, mit einer Verdopplung des Gesichts, einem jener unförmigen Schatten, die er liebte, und zwischen den beiden Annie im blauen Morgenmantel mit dem hellen Nachthemd darunter, mit dem braunen aufgelösten Haar und roten Apfelbäckchen, die sie in Wahrheit gar nicht hatte, nur manchmal, wenn sie durch die Kälte gelaufen war, um zu ihm zu kommen. Vor der jungen, glühenden Frau gab es ein großes, seltsames, asymmetrisch doppelseitiges Gebilde, wie seine Herzblumen früher, braun, rot, gelb, wie ein Baum im Herbst, mit verfärbtem Laub und dunklen Ästen, überdeutlich, die zugleich wie die Gefäße des Herzens waren.

Die junge Frau war so schön, und der alte Mann graugrün mit hängendem Bart. Doch etwas war anders als früher. Munch sah, dass er den jungen Mann mochte, es war, als hätte er Mitleid mit ihm, und es war, als finge er an, sich selbst in dem Jüngeren zu sehen, sich selbst – als Liebenden.

Er begann, mit dem Thema zu spielen, der Künstler und sein Modell war ein klassisches Motiv, und es hatte angefangen, ihm Freude zu bereiten. Er zeigte sie wie auf einem glamourösen Foto, als sähen beide in eine Kamera, er hinter ihr, streng und gefasst, im Anzug, sehr korrekt, wie ein feiner Herr, der ihn an Linde erinnerte, Linde zu Silvester, Linde im Bordell, sie, vorn, aufgelöst, ihr Gesicht dunkelrot – vor Zorn, Scham oder Verlangen? Er setzte das Modell in die Mitte, nach rechts oder links, er arbeitete an der Raumaufteilung, die Räume hatten etwas weitaus Offeneres, nicht so Zerfallendes, Bedrohliches wie noch in Warnemünde, aber die Farben, die Farben sollten voller Leben sein.

Das Geheimnis des menschlichen Körpers.

Annie verstand ihn gut, sie ging mit, nahm kaum etwas persönlich. Er zeigte den bockigen, unwirschen Mann mit den Händen in den Hosentaschen, der das Modell beschämt, das den Kopf senkt, und das den Blick auf das zerwühlte, hellgrauweiße Bett lenkt, in dem, wenn man genau hinsah, ein Frauengesicht aufschien, ein Frauengesicht aus anderer Zeit – das er sich heimlich dort hingewünscht hatte, und das zu einer jungen Frau gehörte, die auf diesem Bett gesessen hatte, das lange Haar schützend um das Gesicht, ein weinender Akt. Der Blick auf dem Bild fällt ins Nebenzimmer, öffnet sich in ein anderes, zeigt ein Fenster, hinter dem die Welt beginnt.

So ist es bei ihm, mit diesen Überlagerungen im Inneren, mit den Erfahrungen, die sich verschieben, und den immer neuen Formen, die sie bilden. Darum malen Maler nackte Menschen, denn alles ist in unseren Körpern geborgen –

Die Liebe ... die Eifersucht ... die Liebe eines älteren Mannes zu einer jungen Frau ist eine andere als die Liebe eines Greises zu einer jungen Frau, denkt Munch jetzt, mitten in der Nacht, aufgeschreckt auf seinem Diwan, eingenickt ist er wie so oft, in Hose und Hemd, lieber schläft er auf dem Diwan als in seinem Bett, in dem der Tod nur auf ihn wartet.

Er steht auf, langsam, die Beine sind steif, es dauert immer einen Augenblick, bis sie gehorchen, die Fußgelenke sind steif, es geht nicht ohne Willen, dann schlurft er langsam durch das Zimmer, schaltet das Licht an, auf der Treppe, die hinunter in die Küche führt. Er gießt sich ein Glas Milch ein, trinkt, sitzt ein wenig herum, trinkt noch ein Glas, dann tappt er, etwas leichter jetzt, den Weg zurück. Er zögert, ob er ins Schlafzimmer oder zurück zum Diwan soll, er legt sich ungern ins Bett. Nachts im Liegen schmerzen die Glieder, es ist ohnehin besser, sich noch ein wenig zu bewegen.

Er wandert hin und her, sein Blick streift die Bilder, die er in und auswendig kennt und in denen er doch immer wieder etwas Neues, Nachdenkenswertes entdeckt. Die Bilder wissen mehr als Sie, hatte Dr. Jacobson gesagt, und er hatte recht.

Munch denkt über die Liebe nach, sein Geist ist keineswegs so rostig wie sein verrottender Körper, die Frage, die ihn beschäftigt hat, gerade eben noch, ist die nach der Liebe eines Greises zu einer jungen Frau ... er zieht die Augenbrauen hoch, wie pathetisch du daherredest, alter Knabe, aber doch, wenn du ehrlich bist: Ist es nicht vielleicht die Liebe zu einem Wesen, das man selbst einmal gewesen ist oder gern gewesen wäre und vielleicht, in solchen Augenblicken, sogar noch selber ist, die Liebe zu einem seelischen Wesen, zu einer jungen Psyche, die noch alles vor sich hat, die offen ist und lacht, und ist es vielleicht sogar die Liebe überhaupt?

Der Gedanke hat ihn Kraft gekostet. Er wird mit einemmal müde. Über die Liebe nachzudenken ist anstrengender als über den Tod zu grübeln! Der Tod kommt von selber, man muss sich gar nicht erst bemühen.

Er steht jetzt vor der Staffelei, mit dem angefangenen Porträt von Hilde. Ihren klaren, beherzten Blick hat er noch nicht getroffen. Es ist schwierig, denn sie spricht mit dem Körper wie ein lebhaftes Kind, deshalb malt er sie so gern in Bewegung, im Park, mit einem gewissen Abstand. Jetzt sieht sie ihn an, aus den halbfertigen Augen. Er lächelt. Er kann nicht anders. Er lächelt sie sehnsüchtig an.

Vielleicht ist es am Ende ja doch so, dass die Liebe so kommt wie der Tod.

AUCH ANNIE HATTE ER in der Haltung gemalt, bei der Ingeborg einst angefangen hatte zu zittern, und die die kleine Frau L. in der Klinik von selbst eingenommen hatte, die Ingeborg in diesem Moment nachgestellt hatte, ohne es zu wissen. Nur als er Annie so stehen ließ, neben dem Korbstuhl, verbarg ihr langes Haar nicht ihr Gesicht. Ein neuer Ausdruck kam in das Bild. Zur Trauer kam Gelassenheit. Sie gewann eine Größe darin, er holte sie heran, als ob sie sich unter der Decke des Zimmers ducken musste, ohne Beengung allerdings, so beugte sie den Kopf. Neben ihr auf dem Stuhl, hingeworfen, lag die rote Decke, mit Kringeln machte er sie, und einer Ausbuchtung, ein großes, entspanntes, liebliches Geschlecht. Er hatte Freude an solchen Dingen.

Als Annie es sah, musste sie lachen.

„Ich dachte, du bist ein Frauenhasser!"

„Sollen sie doch sagen, was sie wollen. Die Leute reden so viel dummes Zeug!"

Die Gelassenheit war Annies Stärke, es passte zu ihr, dass sie später Mutter wurde, eine selbstverständliche, gelassene Frau, er hatte sie gemalt, mit ihrem kleinen Sohn, bei einem Besuch im Park. Ihr machte es nie etwas aus, nackt zu sein, im Gegenteil, sie verlangte von ihm, nackt gemalt zu werden, zu jeder Tages- und Nachtzeit, sie war stolz darauf, ihn zu inspirieren. Doch irgendwann war es genug.

Die Nacktheit, denkt Munch oft, schwer von den vielen Erinnerungen, die ihn in seine Träume verfolgen, es geht um die Nacktheit der Seele, wenn es um den nackten Körper geht, so wie es darum geht, mit dem ganzen Körper zu sehen. Das ist es doch, oder nicht? Mit dem ganzen Körper zu sehen.

Einen ähnlichen Gedanken wird er eines Abends in einem alten Briefchen finden, das er an Schiefler geschrieben und kopiert hat, seinen Freund, der ihn verstand und nun schon ein Weilchen in der Erde ruht. Schiefler war fünf Jahre älter gewesen als er, er hatte Verständnis für Ohrenleiden, Augenleiden, Zipperlein; nur leider hatte es ihm am Ende den Verstand zerrüttet; seine Frau Luise hatte ihn gepflegt und ihm, Munch, für jedes Blatt gedankt, das er dem Freund zu Erheiterung schickte. Auch Jappe, sein ältester Freund war vor einigen Jahren gestorben; um ihn herum ist es recht still.

DIE ERINNERUNG IST EIN LANGSAMES TIER, das hat er gelernt in all seinen Jahren. Wie lange rumorte ein Ereignis in ihm, wie lange wanderte es durch seinen Körper, bis es eines Tages, fast vergessen manchmal, an die Oberfläche trat, ihm vor Augen stand, ihn an die Leinwand trieb, mitten in der Nacht oder am frühen Morgen, wenn alle anderen in Morpheus' Armen lagen …

Und wie oft muss er dieselbe Empfindung zeichnen, mit der Kohle, mit dem Bleistift, radieren, in Kupfer reißen, in Aquarell, Öl oder Gouache bringen, bis er das Gefühl hat, jetzt ist es gut? Wie viele Möglichkeiten gibt ihm die Farbe, etwas zu erzählen, wie viele Perspektiven bietet ein einfaches Zimmer? Wie viele Anläufe muss er manchmal nehmen, bis er etwas entdecken kann, was ihm bis dahin verborgen geblieben ist, und wie froh ist er dann! Und wie entsetzt! Und wie lange braucht er manchmal, dass ihm ein Bild lebendig scheint, und wie glücklich geht er im Ausprobieren auf, immer mit dem Bewusstsein, dass all dies der Reichtum des Lebens ist?

Nichts ist groß – nichts ist klein – dies wird sein Leben gewesen sein.

Warum konnte er die Farben so sehen? Warum hatte es ihn schon als Jungen so glücklich gemacht, viele Stunden am Meer zu sitzen und der Veränderung der Farben zuzusehen?

Die Sonne, ein roter Ball zwischen den Baumstämmen. Der Himmel von ganz leichtem Rosa –

Wie oft hatte er Annie gerufen, die bei ihm in der Villa schlief, mitten in der Nacht, wenn er aus dem Traum hochschrak, genau wissend, wie er ein Bild zu machen hatte. Vielleicht sah er sie deshalb so oft in ihrem blauen Morgenmantel, es waren diese verrückten Nächte.

Und warum hatte es ihn trösten können, die Eindrücke einzufangen, die mit den schrecklichsten Erlebnissen seines Lebens einhergingen? Dem Tod, der Krankheit, dem Verlassenwerden? Er weiß es nicht.

Geduldig und dankbar wartet er auf den Sensenmann, nun schon seit vielen Jahren. Nur manchmal, wenn ihn seine Gespenster jagten, war es aus mit der Dankbarkeit. Dann rannte er ins Freilichtatelier und nahm sich die Bilder vor, warf sie herum, schrie sie an und trat sie mit Füßen, wie lebendige Wesen.

Doch seit einiger Zeit ist er dazu zu schwach.

Sommernacht. Die Stimme, 1894

WIE SCHÖN IST EKELY, in diesem Frühling, von dem er nicht weiß, ob es sein letzter sein wird. Wie das Licht nun heller wird, Tag um Tag, er genießt es. Wie lange hatte er versucht, hier zur Ruhe zu kommen, und wie schwer war es ihm gefallen. 1916 hatte er das schöne, großzügige Grundstück gekauft, eine ehemalige Gärtnerei mit vierhundert Obstbäumen, Kirschen, Äpfel, Aprikosen, Pflaumen, und es im Laufe der Jahre mit mehreren Ateliers bebaut, aus Holz und aus Stein, geschlossen und offen, je nachdem, wofür er sie brauchte, und alle hatte er mit Bildern gefüllt. Die riesigen Studien für die Aula der Universität, die monumentalen Bilder für die Schokoladenfabrik Freia, aber auch seine eigenen, großformatigen Bilder, den gesamten Lebensfries.

Das An-einem-Ort-Wohnen ist ja recht eigentlich das Normale – das Herumirren der Ausnahmezustand, mit all den Kisten, Bildern, Entwürfen. In seiner Kindheit war die Familie oft umgezogen, und er selbst hatte diesen Zustand später geliebt, ein echter Zeltenmensch. War er unruhig, packte er die Dinge und fuhr los. Manchmal hatte er sogar vergessen, Bescheid zu sagen, dem Gärtner, der Haushälterin oder seinem Modell. Er hatte an den langen Strand in Jeløya gedacht oder ein Bild, an dem er weiter arbeiten wollte in Kragerø, und weg war er gewesen. In Hvitsten hatte er die Pferde gemalt und die Äcker, und dann hatte er plötzlich Lust bekommen, das ganz besondere Licht von Åsgårdstrand zu sehen. Und genauso war er hierher zurückgekehrt, aus Sehnsucht nach den phantastischen Winternächten, gläsern und blau, den grandiosen Sternennächte, mit dem meterhohen Schnee, den Tannen, dem verschneiten roten Haus des Gärtners.

Jetzt reist Munch nicht mehr.

Jetzt ist es schon eine Anstrengung, zur Terrasse hinunterzulaufen, seiner Gartenlaube, oder in das Ulmenwäldchen hinein. Aber jetzt weiß er, dass es hier diese Gleichzeitigkeit gegeben hat, von glücklichen Tagen und Jammerei, von Traurigkeit und Freude, von Produktivität und Hemmung, von Ärger und Konzentration, von Bleiben und Gehen, von Äpfeln und Pflaumen und eiskalten Nächten. So wie in seine Räume eine eigene Beständigkeit hineinkam trotz aller Spannung, und so wie er die Farben mischte, um neue Effekte zu erfinden, Gouache und Farbkreide, Öl und Aquarell, kratzen und streicheln, alles, was scheinbar nicht passte.

Als er Ekely kaufte – im Schutz alter Eichen bedeutet dieses Wort, was ihm sofort gefiel – , war es wegen der Landschaft gewesen, und seines Alters. Er konnte doch nicht auf immer ein Nomade bleiben, auch wenn es ihm so gut gefiel, und er brauchte Platz für seine Bilder. Er stellte eine Druckerpresse in der Küche auf und hielt im Keller große Vorräte an Papier. Gerade weit genug entfernt von Christiania, um es aushalten, der Stadt des Schreckens nah zu sein.

Und vielleicht war da auch etwas, das ihn an seine Kinderjahre in Grünerløkka erinnerte, vielleicht aber auch nicht. Er hielt sich Hunde, eine Kuh und Schweine und er hatte ein weißes Pferd mit Namen Rousseau.

Und manchmal dachte er an seine Mutter. Seine Mutter, die zu früh verstarb.

Als er die Villa aus Holz bezog, war er gute fünfzig, ein Witz, wie jung, wenn er jetzt überlegt. Nie hatte er geglaubt, solange zu leben! Er pendelte zwischen seinen Häusern hin und her und malte; er reiste zu seinen Ausstellungen in ganz Europa, Berlin, Köln, Zürich, Prag, Paris; er verkaufte Bilder, es war ihm zuwider – *es ist doch keine Seife in einem Kramladen!* –, und kopierte sie jedes Mal, für sich. Er fuhr zur Erholung nach Nizza und zu Studien der alten Kunst nach Rom und Florenz. Sogar in New York wollte man seine Bilder sehen; er war auf der Höhe seines Ruhms, der noch wuchs, mit Picasso und Matisse zusammen war er nun anerkannt als Neuerer der modernen Kunst. Er schipperte mit seinem Freund Christian Gierløff die norwegische Küste ab gen Norden, besucht Lindes in Lübeck und Schieflers in Hamburg; der Erste Weltkrieg hinterließ seine Spuren: Linde verarmte, der feinsinnige Sammler; er war es nun, der ihm hin und wieder unter die Arme griff, soweit es Lindes Stolz erlaubte. Der Ruin zwang Linde, einige seiner Munchs zu verkaufen; *es bricht mir das Herz,* schrieb er ihm.

War er glücklich? Schwer zu sagen.

Er versucht es. Er malt den Mörder auf der Allee und die Pferde auf dem Acker. Ein langweiliger alter Onkel bin ich jetzt, sagt er zu seinen Freunden, ohne Schnaps und ohne Frauen. Er malt gefällte Bäume, den ratlosen Baumfäller dazu. Seine Bäume schweben. Wenn die Freunde ihn besuchen, bekommen sie Champagner und Wein. Er trinkt Apfelmost und Heidelbeersaft und manchmal trinkt er ein ganz kleines, würziges Bier. Er spießt uns auf, sagen sie, wenn er sie malt, und dann hängt er uns an einem Nagel an die Wand, und da bleiben wir für immer. Doch sie können darüber lachen, sie nehmen es ihm nicht krumm. Sie kommen, nach Kragerø und Åsgårdstrand, nach Hvitsten und Ekely, einmal bleibt Gierløff drei Wochen lang. Das reicht dann aber auch. Die Menschen sind im Ganzen doch recht anstrengend für Munch.

Briefe schreibt er ihnen gern, da ist er weniger scheu.

IM SOMMER RIECHT MUNCH AN DEN ÄPFELN, immer wieder sieht er nach ihnen. Im Juni isst er die süßen Kirschen, im Juli Aprikosen. Im August endlich kann er den ersten Klarapfel pflücken, einen Frühapfel, er dreht ihn in der Hand, bewundert die perfekte Form, das durchsichtige helle Grün, das zum Stiel hin gelblich wird. Er riecht leicht säuerlich und frisch, das Aroma ist gut, Krieg hin, Soldaten her, er beißt hinein, ganz vorsichtig, die Zähne sitzen nicht mehr so fest im Mund.

Hilde bringt Kuchen mit und gute Laune, obwohl es schlechte Nachrichten gibt, ihre Strümpfe sind nackten Beinen gewichen, in zierlichen Sandalen stecken ihre Füße, auf dem blonden Haar wippt jetzt ein Strohhut.

„Die Deutschen haben im Hafen“, will sie berichten, doch „Schweig von den Deutschen!“, fährt er dazwischen. „Aber bleib einen Augenblick so stehen!“

„Hier, vor der Tür?“

„Ja, hier.“

Das Licht wird er gelb machen, es kommt von ihr, und sich selbst als Schatten, in dunklerem Gelb, einen undefinierbaren Flecken –

er freut sich.

Mit dem Krieg sind seine Kontakte zum restlichen Europa so gut wie abgebrochen, zu den Museen in Zürich, Berlin, Dresden, Wiesbaden, Prag und Paris. Die großen Ausstellungen, sie sind so fern. Die Freunde hingegen vermisst er, besonders

Schiefler und Jappe Nilssen. Einmal hat er ihn mit Birgit gemalt, im Garten, in der Laube, die Apfelbäume trugen schon schwer, sie im roten Kleid. Auch sie hatte eines Tages vor seiner Tür gestanden wie Hilde im vergangenen Jahr, und auch in sie war er vielleicht doch ein bisschen verliebt gewesen. Sie hatte ihn eines Tages fast ausgelacht, weil er ihr immerzu Geschichten erzählte, von alten Kerlen, die sich in junge Frauen verliebten, dabei war er da zwanzig Jahre jünger gewesen als jetzt! Warum nur hatte er immer solche Angst vor der Liebe gehabt, warum?

Birgit, ihre wie ausgeschnittene rosafarbene Gestalt auf dem Weg durch das Wäldchen zur Allee, er sieht jetzt immer etwas, das ihn an etwas anderes denken lässt, was sich darüber legt oder dahinter zeigt, wie auf dem Bild vom Sündenfall, auf dem er ihre nackte Gestalt in die einer größeren, fast ausgewischten Eva setzte, die Arme im Nacken verschränkt, und den Mann mit gesenktem Kopf an den Wegesrand, sie, die nackte kleine Frau, die hinten aus dem Bild verschwand. Die aus dem Wäldchen verschwindet. Mit ihr war die Sache mit Tulla noch einmal in Gang gekommen, irgendetwas an ihr, eine Geste, wie sie einmal den Apfel vom Teller nahm, die großen Gesellschaften der Boheme-Zeit standen ihm lebendig vor Augen. Sie war die rote Königin, und er – ja was? Betrogener oder Betrüger? Geliebter oder Ehemann?

Einmal war es Birgit, die eifersüchtig war.

Die Kuhglocke läutete, mehrmals hintereinander.

„Es läutet“, sagte Birgit. Es machte sie nervös.

„Lass es läuten“, murmelte Munch und arbeitete weiter. Birgit saß auf dem Diwan, sie hatte eine schöne Haltung eingenommen, das Licht fiel auf ihre schmalen Wangen, er war zufrieden.

Es läutete noch einmal.

„Geh du“, sagte Munch. Birgit stand auf und warf sich den Mantel über.

Munch hörte die Stimme einer zweiten Frau, neugierig sah er nach.

Am Zaun stand eine fremde Frau.

„Ich möchte zu Herrn Munch.“

Birgit war klar, was sie wollte. In diesem Moment schob sich Munch, in hochgekrempelten Ärmeln, mit dem Pinsel in der Hand, neben Birgit aus dem Haus.

„Was gibt es?“, fragte er.

„Ich möchte Ihnen Modell stehen, ich habe gehört, dass Sie Interesse haben!“

Es ist eine hübsche Frau, etwas rund, mit dunklem, vollem Haar und einem ausdrucksvollen, hellen Gesicht. Der Wind weht heftig, sie hält das Haar mit einer Hand fest.

Birgit steht an der Tür. Sie kennt diesen Gesichtsausdruck, mit dem er jetzt am Zaun steht und den Besuch ansieht. Ungehalten macht sie das, wütend geradezu. Er nimmt ihre Farben auf, die Formen, die sich unter dem Mantel verbergen. Er würde sie gern malen, Birgit weiß es genau; mit dem dichten dunklen Haar erinnert sie ihn an irgendjemanden aus seiner Vergangenheit, an Eva Moducci vielleicht, die Geigerin, die ihn eine zeitlang über Tulla hatte hinwegtrösten sollen, und die ihn wegen ihres eigenen Geigenspiels und ihrer seltsamen Freundin, die sie am Klavier begleitete, wieder verlassen hatte. Birgit kennt ihr Bild. Eine eigenwillige Frauensperson.

Die Ähnlichkeit ist nur oberflächlich, denkt hingegen Munch, nur ein flüchtiger Eindruck. Die Fremde, die irgendetwas redet, warum sie gekommen ist und wozu, er hört gar nicht hin, entzieht sich noch seiner Vorstellungskraft. Er kann sie weder individuell noch unpersönlich dargestellt denken, als Inbegriff eines bestimmten Frauentyps. Ihre Schädelform unter dem dichten Haar, der weiche Verlauf der Linie von den Ohren über die Kieferknochen zum vorgereckten kleinen Kinn, ihre rundliche Nase mit den leicht geöffneten Nasenlöchern. Es gibt eine geheime Geschichte in ihren Augen, denkt er, zurückgenommen, die Sprenkel lenken davon ab. Er würde einen Teil der Fläche hinter ihr durchsichtig lassen. Nicht zumalen. Oder aus blauem Hintergrund ... Es hat keinen Sinn, geliebte Frauen und Modelle innerlich vorbeispazieren zu lassen, um diese hier zu erfassen. Er muss sich schon auf sie einlassen. Fünfzig und älter hat er werden müssen, um seine Modelle so zu malen. Bei den Männern ist es ihm früher gelungen. Auf Porträts, bei denen er etwas von ihnen erwischte, das sonst im Verborgenen blieb. Das braucht er. Das ist seine Nahrung, seine Inspiration.

Er will es immer noch zeigen. Nur kaum jemand kommt zu ihm! Es ist seine eigene Schuld, seine fürchterliche Menschenscheu.

„Ich muss hinein, mir ist kalt“, ruft Birgit von hinten. Ihr Ton ist herrisch, ein bisschen schrill, Munch verabschiedet eilig die Fremde.

„Vielleicht“, sagt er, „kommen Sie ein anderes Mal!“

Er dreht sich um und geht zum Haus, die Fremde verharrt einen Moment lang, bevor sie kopfschüttelnd den Weg zum Wäldchen hinab eilt.

Wie gern hätte Munch gehabt, dass sie länger geblieben wäre. Ich Idiot, denkt er.

„Wir lassen es jetzt“, sagt er unwirsch, „du kannst jetzt gehen, Birgitta.“

„Ich denke gar nicht daran“, sagt sie und setzt sich auf den Diwan.

Sie hat Geduld. Er wird in die Küche gehen, etwas Unsinniges tun, Essen aus dem Fenster werfen, die Köchin anschnauzen oder mit ihr plaudern und dann – wieder zurückkommen. Er ist nicht fertig mit dem Bild, und er wird es nicht stehen lassen so. Sie liest unterdessen ein Buch.

Am Abend dann, sie weiß das, wird er beim Essen beiläufig fragen, ob sie die junge Dame vielleicht und womöglich etwa kennt.

„Meinst du, sie wird wiederkommen?“

Sie wird ihren Platz nicht kampflos räumen. Sie liebt die Gesellschaft des alten Knaben, seine Höflichkeit, seinen Charme, seinen Blick. Sie mag ihre Arbeit auf dem ruhigen Hof. Die Zeiten sind nicht gerade so, dass man leicht neue Arbeit fände. Und überhaupt.

„Ich glaube nicht“ wird sie antworten und dabei völlig gleichgültig tun, „du hast sie verschreckt!“

Damit wäre es dann gut. Denn er wird grinsen: „Jetzt hast du dich verraten!“, und er wird sich freuen wie ein Kind.

NATÜRLICH TAUCHT TULLA AUF, in der Nacht, diesen Augenblick ausnutzend, ungebeten, er hätte es sich denken können.

„Du wirst dich doch nicht wieder verlieben", hört er ihre Stimme.

Vor seinen inneren Augen entstand aus dem Nichts eine Gestalt. Als sei sie zuvor unsichtbar gewesen und würde nun langsam sichtbar gemacht, so wie sich auf dem Papier in der Lauge nach dem Belichten eines Negativs allmählich das Bild zeigt. Zuerst ihre Umrisse, ihr weit gebauschter Rock, die knappe Jacke, die Silhouette ihres Vogelkopfs mit dem schief sitzenden kleinen Hut. Dann füllen sich die Umrisse, ihr Körper und ihr Gesicht zeigen sich, bis sie da sitzt, auf dem Stuhl mitten im Zimmer, mit aufgeworfenen Lippen, die Augenbrauen spöttisch hochgezogen: Tulla. Tulla auf der Höhe ihrer Schönheit, Tulla in der Erscheinung, in der er sie geliebt und gehasst hat.

Munch steht an der Staffelei; schlafwandlerisch setzt er die Farbe auf. Für das Bild hat er sie halb ausgezogen; nur ein Unterkleid trägt sie, halb geöffnet, weiß, darunter ein rotes Leibchen. Das Haar schlängelt sich orangerot, reicht bis zu dem Mann, der mit dem Kopf in der Hand neben ihr sitzt, voll Kummer. Ihre Augen leuchten grün. Er will die Farben blass halten, wie in einem Aquarell.

„Tulla", sagt er halblaut, „das Schlimmste an der Erinnerung bist du."

„Tut mir leid, Munch“, sagt Tulla und zieht die Nadel heraus, die den Hut an ihrem hochgesteckten Haar befestigt, „heute ist unser Tag.“

Sie legt den Hut ab.

„Heute ist unser Tag so wenig wie alle anderen Tage“, knurrt Munch.

Es ist so. Denkt er an bestimmte Menschen, Frauen genaugenommen, die Zärtlichkeit, die sie ihm geschenkt, die Pein, die sie ihm bereitet haben oder die Lust, wird seine Vorstellung so lebhaft, als wären sie real. Doch seit seinen langen Gesprächen mit Dr. Jacobson weiß er, dass es seine nur seine Phantasie ist, er verwechselt sie nicht mehr mit der Realität. Nur hin und wieder im Traum, oder im Übergang vom Schlafen zum Wachen.

„Es ist unser Tag. Der Tag, an dem du mir endgültig den Laufpass gegeben hast.“

Tulla sieht ihn erwartungsvoll an. Sie wippt mit dem Fuß.

Er schweigt.

„Arbeitest du immer noch an diesem Bild?“

„Das siehst du doch.“

Ja. Viele Jahre arbeitet er an diesem Bild, *Asche*. Wieder und wieder geht er daran. Der Mann, der seinen Kopf in die Hand gestützt hat, der sein leicht grünes Gesicht abgewandt hat, will ihm nicht gelingen, und auch die Frau, die ihre Arme hinter dem Kopf verschränkt, erscheint ihm noch nicht so getroffen, wie er es will.

„Warum musst du immer denken, es geht um Macht, Munch? Lass sie doch ein wenig gelöster sein, ein bisschen selbstvergessen: Sie ist nicht herablassend, du irrst dich.“

Er schweigt. Er sieht das Bild an.

Er ist nicht von ihr losgekommen. Er hätte ihr Haar nicht im Haar von tausend anderen Frauen vergessen, er hat noch ihre Haut unter den Fingerkuppen, obwohl er sich so oft gehäutet hat seitdem. Eine Erinnerung seiner Sinne, die er nicht abschütteln kann, die ihm ungefragt in die Glieder schießt, wie jetzt, gerade jetzt, und es war die Hölle und der Himmel zugleich. Denn ohne dieses verrückte Brennen, er muss es sich eingestehen, fühlt er sich – nur halb. Dann sitzt er herum und starrt auf den Tisch wie Laura, die nun tot ist, aufgehoben im Land der Kristalle.

Die Uhr im Schlafzimmer schlägt ein Uhr. Draußen ruft eine Eule, die Dielen knarren.

Damals, heute, jetzt.

Nackte Paare im Wald.

Munch verdünnt die Farbe mit sehr viel Terpentin und arbeitet am Hintergrund des Selbstporträts. Nachdenklich trägt er die Farbe auf die Leinwand auf, ganz langsam.

Lange war es ihr alter Streit gewesen, der sich in seinem Kopf wiederholte. Tulla hatte immer in sein Inneres eindringen wollen, wie der Vater. Auch sie war pietistisch erzogen, mit dem gesamten System der Gewissenerforschung, mit dem der Vater ihn und später er sich selbst gequält hatte. Munch weiß nicht, ob Tulla an Gott glaubte oder nicht, es war ihm wie vielleicht auch ihr ein Rätsel. Was sie jedoch wie eine zweite Natur angenommen hatte, war die genaue Beobachtung des Seelischen: seines Seelischen. So verzeichnete sie Munchs Regungen und alles, was er tat, dachte und fühlte. Es beschäftigte sie. Sie deutete es, sie reagierte darauf. Sie wollte alles von ihm wissen;

und Munch konnte sich keinen anderen Beweggrund dafür vorstellen als den, dass sie ihn beherrschen wollte. Liebe gestand er ihr nicht zu. Du willst mir den Pinsel führen, hatte er früher oft zu ihr gesagt. Was für ein Unsinn!, hatte sie jedesmal geantwortet. Und sie hatte es jedes Mal wiederholt, wenn sie zu ihm kam.

Liebe.

Mitten in der Nacht geht Munch in das Zimmer, in dem Hilde schläft. Er hat sie beinahe vergessen. Nicht immer übernachtet sie bei ihm; meistens geht sie abends nach Hause, zu ihrer Familie; doch wenn er gerade sehr stark mit etwas beschäftigt ist, ruft er jede zweite Nacht bei ihr an und verlangt, dass sie hochkommt, und zwar sofort. Sie mag nicht durch die Dunkelheit laufen, im Winter, wenn es so kalt ist, aber auch jetzt im Sommer nicht. In den hellen Sommernächten wispert es im Wald und alles wirkt gespenstisch.

Er steht da und betrachtet im Schlaf ihr Gesicht.

Die Uhr im Schlafzimmer schlägt zwei Uhr, drei Uhr, vier.

Damals, heute, jetzt.

Wie sich in ihm die Zeiten verschränken.

Draußen ruft eine Eule, die Dielen knarren.

Das ist nun alles schon so lange her. Birgit ist fortgegangen.

Und Tulla ist gestorben, kinderlos, im vergangenen Jahr.

Tulla ist tot.

Mit vierzig war sie geschieden worden, geheiratet hat sie nie wieder; siebzig Jahre wurde sie alt.

Er weiß nicht mehr, wann Birgit aufgehört hat, für ihn Modell zu stehen, und warum. Ihre schönen langen Wimpern, wenn sie die großen, ebenmäßigen Lider schloss, waren ihre Augen so ausdrucksvoll, als wären sie geöffnet. Ihr rosa Kleid, das er sah wie eine Haut. Birgit, mit dem Gesicht aus einer anderen Zeit, mit der gertenschlanken Cranachfigur, er wird sie in sein Selbstbildnis aufnehmen, es soll sein letztes sein, hinten an der Wand soll ihr Bild hängen, er malt es hinein, parallel zur großen Standuhr. Er dazwischen, und neben ihm das Bett. Das Bett muss mit hinein. Zwischen Wiege und Bahre. Krankenbett, Liegebett, Liebesbett, Schlaflosigkeitsbett, Totenbett.

Er sitzt auf dem Bett und weint.

Sterben heißt, eine Blume zu werden.

Wie geht das?

MUNCH WARTET AUF DEN SENSENMANN, doch der Sensenmann lässt ihn warten.

Aufstehen, den Tag beginnen, arbeiten, essen, sich schlafen legen.

Wie lange braucht einer, um zu sterben?

Als er auf die siebzig zuging, war er eine Zeit lang gewiss, dass seine Uhr am Ende ist. Er las Platon und Kierkegaard. Er überließ viele Bilder der Zeit. Er stellte sie im Freien auf und ließ Regen, Stürme, Kälte, Sonne und Schnee sie verändern. Sie verwitterten, er bearbeitete sie, er wollte, dass die Spuren das Material formen. Die Bilder aussetzen, sich aussetzen. Er wollte sehen, was die Natur zu sagen hat. Er hielt ihre Stadien an sich selber fest, das Altern, das Vergehen, so malte er sich.

Und die Mörderin Charlotte Corday, in der er einst Tulla gesehen, malte er auch, als gesetzte ältere Frau im rötlich schimmernden, pflaumenblauen Kleid.

Und manchmal kehrten alte Geister wieder, standen vor dem Fenster wie bösartige Räuber, so lebendig, dass er mit dem Gewehr hinaustrat, um sie zu verjagen. Es geschah nicht nur, wenn er trank. Er trank nur sehr wenig, und selten, die Wirkung war umso mächtiger. Und doch.

Es geschah einfach so.

BEI EINEM DER WARMEN SOMMERREGEN, die es auch hier im Süden immer wieder gibt, und obwohl er sich so leicht erkältet, läuft er hinaus in den Garten, die Hunde tollen hinter ihm her. Alles blüht, die dunklen und die hellen Rosen, die duftenden blauen Fresien, die lachsfarbenen Schwertlilien und die hohen Dahlien, rot, weiß und rosa, es ist eine einzige Pracht, so hat er sich immer das Paradies vorgestellt. Er riecht den Regen auf dem Gras, das Salz im Wind, das manchmal vom Fjord bis hierher getragen wird, und stellt sich vor, dass er, wenn er sterben wird, als Wasser in den ewigen Kreislauf der Natur aufgenommen würde, Steine umspielend, zur Wolke aufsteigend, als Regen fallend, den irgendeine hübsche junge Frau, irgendwann, Jahre später, mit ihrer Zunge auffangen und lächeln würde.

Der Sommer, nackte Paare im Wald, die Zweige der Bäume ein Dach.

Er sieht sich um, sieht das ochsenblutrote Haus des Gärtners, des Verwalters, das Haus, in dem seine Leute leben, rot prangt es auf der kleinen Anhöhe, hundert Mal hat er es gesehen, im Regen im Sommer, wenn die Welt wie frisch gewaschen duftet, im Frühjahr, wenn die Bäume kahl und der Schnee geschmolzen, am Abend, wenn die Sonne alles verfärbte, wenn die Wege rosa wurden und die Bäume glänzten, im Herbst, wenn sie sich bogen im Sturm, im Winter, vor allem im Winter, wenn es so herrlich leuchtete im meterhohen Schnee und alles wie durchsichtig schien, gläsern und blau. Wie liebte er genau das. Wie ließ das seine Seele frei atmen, sich dehnen, weit und weit.

Das zu sehen, es zu malen, ist sein allertieftes Glück.

HILDE KANN NICHT KOMMEN, Hilde lernt für eine Prüfung, er wartet auf Fräulein Hilde.

Er knottert vor sich hin, erteilt Befehle, wo er sonst freundlich bittet, und rennt wie ein Gejagter durch den Park, die Hunde hinter ihm her, bis sein Herz klopft und er das Blut in seinen Ohren rauschen hört.

„Verdammt", flucht er, „verdammt."

Am Abend sitzt er in seinem Wohnzimmer, allein. Die Nächte sind jetzt so lange hell, er kann kein Auge zutun.

Um sich herum tausend Briefe, Zettel, sein altes, zerfleddertes Buch mit den Notizen. Eine Ordnung muss doch hineinzubekommen sein, doch es ist vergebens. Er liest sich fest, in alten Briefen, er kritzelt kleine Kommentare daneben, bald hat er alles um sich her vergessen.

Er denkt über die Erde nach und über Radiowellen. Er zeichnet bizarre Blätter, auf die er seine Weisheiten schreibt, mit zittriger Hand. Die Kraftzentren des Menschen, der Kreislauf von Werden und Vergehen, vom Wesen der Kristalle. Wann holt mich der Sensenmann?

Er liest die langen Briefe, die Gustav Schiefler ihm schrieb, und nach ihm seine Frau Luise, die er sehr mag, sie schreibt ihm immer noch, und auch die Tochter, Ottilie. Wie freundlich sie immer zu ihm waren, für jede Zeichnung, jedes Bild fanden sie ein gutes Wort.

Schon einmal hat er es unternommen, seine Papiere zu ordnen, ein paar Jahre, nachdem er von seinem Augenleiden wieder genesen war, nicht aber von den Ängsten, die ihn verfolgten, seit Tante Karens Tod. Gründe fand er wie stets zur Genüge: Die Nazis hatten seine Kunst als entartet erklärt und seine Gemälde, an die hundert, aus den deutschen Museen entfernt; er hatte noch Glück, dass sie sie nicht gleich auf den Scheiterhaufen warfen. Viele seiner Druckgraphiken waren versteigert worden, eine Schande, zugunsten ihrer Staatskassen. Sein eigener Staat, dieses unglückselige Land, wollte zu viel Steuern von ihm, unermesslichen Reichtum unterstellte man ihm, er sei der Besitzer von zwanzig Villen, er werfe das Geld mit vollen Händen aus dem Fenster hinaus. Das Geld, das Geld! Er ballt die Fäuste, schraubt sich in diese neue Obsession, er werde verfolgt, man neide ihm sein Geld. Wie oft hat er anderen geholfen, junge Künstler unterstützt, ihnen Arbeiten abgekauft, und nun solche Anwürfe! Der ganze Teppich ist übersät, von Verteidigungsreden und Jammertiraden, er habe doch nur Platz für seine Bilder gebraucht, für gute, haltbare Farben und Leinwände von bester Qualität.

Er kann keinen Menschen ertragen, ihre schrecklichen Wellen zerstören ihn, er schläft nicht, er rasiert sich nicht, in Aufruhr ist der ganze Mann.

Armer, alter Munch! Seine fürchterliche Neurasthenie!

Er sei so sparsam, schrieb er an Schiefler, er sei nun ganz allein, auch ohne Haushälterin und ohne Modell. Ich koche selbst, nur vegetarisch, und mache auch meine Wäsche allein, und der Husten quält mich hart.

Auch damals war er in der Vergangenheit versunken, hatte an einem Tagebuch geschrieben, sich sein Leben selbst erzählt, wie einst in der Klinik – *dieser Katastroffe!* – doch die einzige Ordnung, die er herzustellen wusste, war, ein neues Bild anzufangen, und noch eins und noch eins. Nur auf der Leinwand oder beim Zeichnen konnte er den Zusammenhang in sein Leben bringen, der ihm als Kind zersprengt worden war, mit dem Tod der Mutter, den vielen Umzügen und Krankheiten in der Familie, und schließlich dem Tod seiner geliebten Schwester Sophie. Inzwischen war auch Laura gestorben, am Krebs. Als sie starb, nahm er sich zum siebten Mal in seinem Leben *Das kranke Kind* vor, das Bild, das zurückging auf Sophies Tod, und das für ihn der Beginn seiner Eigenständigkeit als Maler bedeutet hatte, auch wenn die anderen es nicht verstanden. Er malte es noch einmal, nur dass er dieses Mal die Leinwand nicht mehr so zerkratzte, dass er die Farben weicher fließen ließ. Wenn du alt wirst, nimmst du den Tod als Teil des Lebens, auch wenn er dich ängstigt. Darin liegt Trauer, nicht Wut.

Eine Zeitlang hatte er Laura zu sich nach Ekely geholt, er hatte geglaubt, sie könne ihm den Haushalt führen und sich an seiner Gesellschaft erfreuen. Doch jedes Mal, wenn er fort musste, um eine Ausstellung zu gestalten oder weil ihn die Unruhe befiel, geriet sie in eine schreckliche Gemütsverfassung, aß nicht, trank nicht und wollte auch nicht mehr leben. Sein Verwalter fand sie, nach zwei Tagen entsetzten Suchens, im Wäldchen, an einem Bach, mit dem Strohhut auf dem Kopf und nassen Stiefeln.

Er musste sie zurückgeben ins Asyl, doch er bezahlte für ein schöneres Zimmer und bessere Pflege. Tante Karen und

Inger, mit ihren herrischen munchschen Sichelmündern, verlangten nun ihrerseits Geld und Unterstützung; sie, die ihn solange unterstützt hatten, mit dem Anfertigen von Reisesouvenirs, Klavierunterricht und Sparsamkeit. Forderungen, Beschimpfungen, finanzielle Kompliziertheiten prasselten auf ihn nieder, Inger legte ihm die Briefe in den Kasten; es wurde ihm bald zum Verdruss. Nicht, dass er nicht gern gegeben hätte; es war nur die Art, mit der sie ihn bedrängten.

Als Tante Karen starb, befiel ihn eine große Wut. Wochenlang sah er, mit kaputten Augen, ihren Sichelmund, nach unten gezogen, ihre stolze Art zu sitzen, kein Lächeln, nichts. Gespenstisch kalte Augen der Entsagung. Heiß durchfuhr es ihn, als er begriff: Nicht seine Mutter war es, mit diesen Augen; seine Mutter hatte seinen Vater geliebt, den zwanzig Jahre älteren Mann; fünf Kinder hatten sie zusammen in die Welt gesetzt, allen Widrigkeiten, Verrücktheiten und Krankheiten zum Trotz. Und wie hatte der Vater geweint um sie, hatte da gesessen, mit rundem Rücken, gebeugt, und dem Kopf geschmiegt in seine Hand.

Was aber war Tante Karens tiefste Schuld? Für die sie doch rein gar nichts konnte, das wusste er? Sie hatte getan, was ihr möglich war, und doch bestand sein Gefühl, ein störrisches Kind, genau darauf: Dass sie nicht seine Mutter war.

Sie war nur ihre Schwester.

Neben seinem Bett lagen Revolver und Axt.

Traurig ist es, getrennt zu sein.

FRÜHER HATTE ER NIE FRAUEN MALEN WOLLEN, die stricken, jetzt malt er sie unter Apfelbäumen, und sie sitzen auf den weitläufigen Wiesen im Gras und – stricken. Hilde ist wieder da, alles ist gut, er malt Hilde, die turtelt, Hilde, die herumspringt, Hilde, die junge Frauen einlädt, sich in seinem Garten zu tummeln. Er malt die sternklaren Nächte, die Nächte, in denen es nie dunkel wird. Er zeichnet die Kinder, die herumtollen, die Spaziergänger im Ulmenwäldchen. Er hat so eine Kraft, er glaubt es kaum, wie oft hat ihn in den letzten Jahren das Malen ermüdet.

Nichts ist klein – nichts ist groß – ganze Welten sind in uns. Das Große ist Teil des Kleinen und umgekehrt – Licht – Bewegung – Kristalle. Tod ist der Anfang neuen Lebens. Kristallisation. Die Kristalle werden geboren und geformt als ein Kind im Mutterleib.

Tausend mal tausend Jahre. Es ist die Rückkehr zum Vater.

Das Wissen um den eigenen Tod. *Nichts vergeht, es gibt in der Natur kein Beispiel dafür.* Manchmal glaubt er, Laura zu sehen, im Wäldchen, in blauem Kleid und weißer Schürze, wie einst an einem milden Sommerabend.

Bald werde ich meine Mutter wiedersehen, niemand kann mich dann mehr verlassen.

Nur Inger und er sind noch da, unverwüstlich die beiden, mit über siebzig blühte sie auf, entdeckte die Fotografie und kam ihn manchmal besuchen; sie nahm ihn auf mit seinen

Hunden, vor dem Haus, und schickte ihm Karten von ihren Reisen. Sie legen sich gegenseitig Briefe in die Kästen. Das Alter macht sie milder.

Die Zeit ist Farbe. Die Zeit, die es braucht, mit ihr Linien ins Weiße zu setzen, Flächen zu füllen mit ihr. Die Zeit ist Bewegung und Licht. Weißt du noch, das Blau, in den Nächten von Saint Cloud?

Die Farbe hat für ihn ein geheimnisvolles Eigenleben. Dieses Leben der Farbe entspricht dem Geheimnis seines Lebens so sehr, dass es ihm unwichtig wird, sie voneinander zu unterscheiden. Er ist in der Farbe, er ist glücklich. Das gleiche gilt für die damit verbundene Form. Er will nur eins: in dieser Bewegung denken, mit dem Pinsel in der Hand.

Eine Blume werden, das wäre schön.

Der Wald, aus dem Zyklus *Alpha & Omega*, 1908/09

ER KANN UNWIRSCH SEIN und launisch. Niemand kann es vorhersehen. Oder doch, vor allem, wenn Hilde längere Zeit nicht bei ihm war. Es bricht aus ihm hervor, und tagelang muss er allein sein. Manchmal, während Hilde ihm Modell steht, redet er kein Wort, ein anderes Mal redet er ununterbrochen. Er spricht so viel vom Tod, dass ihre Kopfhaut sich anspannt und sie sich ins Haar greift, um sie zu massieren.

„Wirst du wohl still halten!“, faucht er dann, um sich gleich wieder zu entschuldigen. Er hat plötzlich wieder eine solche Energie, er vergisst sich selbst, aber auch ihr Durchhaltevermögen vergisst er.

Lieber Herr Munch, schreibt Hilde unverdrossen, *ich lese nun Ihren heißgeliebten Ibsen, bis Sie mir wieder gut sind. Wenngleich er mir doch ein großer Pessimist ist, ist seine Sprache doch wunderschön. Warten Sie nur nicht zu lange, mit besten Grüßen, Ihre ...*

„Verzeih mir“, sagt er und schenkt ihr Blumen, Äpfel und eine Zeichnung. Sie ist so unfassbar jung.

Sie brät ihm Fisch und kocht Kartoffeln, sie macht ihm Eierkuchen mit Apfelkompott. Sie kann ihm gar nicht böse sein.

MUNCH, MONK, MÖNCH. Manchmal denkt er an Berlin, das Schwarze Ferkel, in dem er mit Strindberg und Stachu dem Polen trank, wo er am Tisch saß und alle still beobachtete und Dagny liebte, die brennende Lilie in Blau. Wie die Männer den Frauen die Augen zuhielten, als seine Bilder im Verein Berliner Künstler gezeigt wurden, 1892. Jetzt kann er darüber lachen. Was für ein herrlicher Skandal! Und wie er später für Max Reinhardt im Deutschen Theater das Bühnenbild für Ibsens *Gespenster* zeichnete und alle etwas verwundert waren, nur Reinhardt selber nicht, er hatte sofort begriffen. Und später dann die *Hedda Gabler* und der wunderbare Fries in den Kammerspielen, ein schöner Auftrag, alles in allem. Er saß dort oft sehr still; er wurde immer menschenscheuer; doch manchmal lachte er übermütig wie ein Kind und alle liebten ihn. Er kam von Warnemünde angereist; er lebte dort in einem Fischerhaus und malte nackte Männer; es ging ihm nicht gut; er fühlte sich gespalten; er sah Männer auf der Straße sich in bedrohliche Vögel verwandeln.

Seit Hilde aufgetaucht ist, denkt er oft an Berlin, diese langen, versoffenen Nächte, die Gespräche, die Hoffnung. Vielleicht erinnerten ihre Frechheit und ihr Stolz, ihr Hunger und ihre Zartheit ihn an Dagny, doch nein, ermahnt er sich, sie ist einzig, Schluss mit diesen ewigen Vergleichen, genau wie die Eifersucht, die Eifersucht wegen Ingeborg, die Eifersucht wegen Tulla, die Eifersucht im Zimmer, die Eifersucht im Garten, sie glichen sich und unterschieden sich. Nein, Hilde, diese bezaubernde Person, erinnert ihn an seine Jugend. Sie ist so leicht und unbeschwert, wie er es niemals war. Manchmal beneidet er sie darum, aber nur eine Sekunde lang. Ihr Lachen macht ihn glücklich.

Sie nimmt seine Hand, die Knochen staksen hervor, die Haut ist brüchig und dünn, von Altersflecken übersät, an den Nägeln klebt stets Farbe. Es wird ihm seltsam, doch sie lässt sich nicht stören. Er riecht auch ein wenig nach altem Mann. Sie nimmt die versehrte Hand mit dem kaputten Finger, er will sie fortziehen, doch sie hält sie fest und streichelt sie, er kann nichts dagegen tun.

DIE KASTANIEN FALLEN VON DEN BÄUMEN, das Selbstporträt ist noch nicht fertig. Die Zeit drängt. Nun hast du noch zehn Minuten, fünf, und dann –

Riecht er schon nach Verwesung? Wie bitter war ihm als Kind dieser Geruch!

Bitterkeit malt er in seine Mundwinkel, wie eine nach unten gekippte Mondsichel, korrespondierend mit dem Zifferblatt auf der Standuhr, die ohne Zeiger ist, und neben der er allmählich schrumpft.

Mit den nackten Männern ist er nur bis zu einem gewissen Punkt gelangt, jetzt malt er sich selbst lieber im gestreiften Pullover, auch die Frauen zieht er nicht mehr aus.

Das Bett in diesem Bild, jetzt weiß er es. Die Decke auf dem Bett bekommt Streifen, rot, weiß, schwarz, wie die Streifen seines Pullovers, wie die Knochen seines Brustkorbs, wie auf einer Röntgenaufnahme, wie auf seinem Porträt in der Klinik, in dieser *katastroffalen Zeit*.

EINES TAGES, ES IST SCHON EINE WEILE HERBST, die Blätter sind verfärbt, die Äpfel geerntet und die Pflaumen auch, geht er Hand in Hand mit Hilde in das Atelier aus Backstein. Ringsum an den Wänden lehnen gerahmte Gemälde, hintereinander, viele mannshoch, und am Boden, achtlos übereinander geworfen, gerollte Leinwände, gekrümmt und zerknüllt, kaputte Holzleisten, Papiere und Kisten. Unbeirrt steigt Munch über das Gerümpel, Hilde sieht ein Bein, einen Kopf, einen Flecken Blau oder Rot. Er zeigt auf die Bilder, die, verschieden groß, in einer Reihe nebeneinander hängen, einige über der Tür und um den Türrahmen herum. Er nimmt sich Zeit. Sie hört ihm zu. Er zeigt ihr die Bilder, die er vor Jahrzehnten gemalt und sich immer wieder vorgenommen hat, die Bilder von seinem Lebensfries.

„Siehst du", sagt er, „sie sollen niemals getrennt werden. Sie zeigen das ganze Leben, so wie ich es immer gewollt habe. Die wichtigsten Stationen zwischen Geburt und Tod, mit ihrem Bindeglied, der Liebe."

Sie stehen lange still und sehen sich den Reigen an.

„Wieso die Angst?", fragt Hilde. „Wieso die Eifersucht?"

Er schweigt. Sein Gesicht sieht fast durchscheinend aus, so blass ist es. Er stützt sich auf seinen Stock.

„Die Angst war mein Wegweiser", sagt er, „und die Eifersucht war eine ihrer Formen. Ohne Angst hätte ich das Leben nicht verstanden, und ohne Eifersucht die Liebe nicht."

Das alles, will er sagen, bin ich. Das ist mein Tanz des Lebens. Ich wollte nur versuchen, mir das Leben zu erklären –

Er malt Hilde in ihrer seidigen Bluse und ihren langen, burschikosen Hosen, er malt die Veranda, der Efeu ein Flammenmeer, das auf sie zukommt – ach, das Geheimnis des Körpers – wieso er plötzlich so brennt, wo er doch allmählich schon verfällt!

Er lässt die Bilder, die zum Lebensfries gehören, in die Villa tragen, er will sein wichtigstes Werk nah bei sich haben. *Jedes war mir lieb, wie das Leben. Jedes war es wert, aufgehoben zu sein, so wie jeder Moment meines Lebens mir wertvoll erschien.*

Er trägt einen braunen Schal, die Herbsttage sind kühl und er ist empfindlich. Er lächelt seine Freundin freundlich an. Sein Gesicht ist ruhig und blass, dünn ist seine Haut, durchscheinend, seine graublauen Augen wirken klar, er ist charmant wie immer.

IM ALTER, SAGT MAN, kehrt die Erinnerung an Kindertage zurück. Die Tasse Schokolade, die er bei den beiden alten Tanten bekam, wie hießen sie noch, die ihm ein Heft zum Zeichnen schenkten, was wiederum er ihnen niemals vergessen hatte. Oder Sophie und er, einträchtig auf ihren Kinderstühlchen beim Malen, dieses Gefühl, manchmal weht es ihn an, sie beide gebeugt über das Papier, auf dem niedrigen Tischchen. Die Mutter im selben Zimmer, die kleine Laura an sich gelehnt und auf dem Arm das Baby, Inger. Der Vater, lesend in seinem Lehnstuhl. Der Blick, aus dem Haus, in Grünerløkka. Wie Tante Karen ihm die Hand auf die Schulter legt.

Über die Trennung von Menschen ist er nie hinweggekommen. Immer sieht er etwas, das ihn an etwas anderes denken lässt.

Die Erinnerung, das waren die Linien, die Haare, die Wellen, die Farbstriche, die die Figuren in seinen Bildern miteinander verband. Es ist der Junge, Edvard, der da sitzt, den Rücken gebeugt und die Hand in das Kinn geschmiegt, und die Frau, die in den Wald hinein verschwindet, verschwindet darin, seit er fünf Jahre alt ist, wieder und wieder.

Erinnerst du dich, Edvard, als wir einmal spazieren gingen? Aus dem dunklen Haus sind wir ins Helle getreten, der Himmel war so weit, und mein Hutband flatterte im Wind. Wie hast du das Meer geliebt, an jenem Tag, Hand in Hand mit mir!

Wie früh schon hing er seinen Erinnerungen nach!

Erstaunt liest er in seinem alten Tagebuch, dass er sich schon als ganz junger Mann erinnerte, an einen Nachmittag am blauen Fjord, wo er mit dem blonden Mädchen saß, das mit den blauen Augen, und einem Lächeln, das aufsprang wie der Frühling selbst, und wie die Sonne silberne Fäden in die Landschaft warf, und die Berge in der Ferne dunkelviolett schimmerten. Wir saßen ganz still, wir hörten tausend winzige Geräusche, das Leben.

Ich male nicht, was ich sehe, ich male, was ich sah –

Und so hatte es sich abgewechselt, das Schöne und das Grausame, das Glück und seine Einsamkeit.

Er wünscht sich so sehr, was er als junger Mann dachte, dass auch er zur Erde zurückkehren würde, die ihren Kreislauf wieder und wieder betrieb. Aus seinem verrottenden Körper würden Blumen wachsen und Bäume und nützliche Pflanzen und die Sonne würde auf ihn herabscheinen, warm und unendlich.

Wenn er allein ist, liest er sein Lieblingsstück von Ibsen, er hat es Hilde zum Geburtstag geschenkt, *Wenn wir Toten erwachen*.

Wenn er allein ist, versinkt er in Vergangenem.

Er ist oft allein.

NICHTS IST GROSS, NICHTS IST KLEIN – der Tod ist der Anfang vom Leben –

Am Himmel schwere Militärflugzeuge, das größte Gespenst von allen, der Krieg. Wie lebt es sich weiter, danach?

Ach, lieber Sensenmann.

Im Radio hört er jetzt gern Musik. Die Kantaten von Bach, die Streichquartette von Beethoven. Der Flügel in seinem Zimmer ist schon lange verstimmt.

Nachts liegt er wach und hört sein Herz schlagen.

Sein achtzigster Geburtstag am 12. Dezember 1943 wird gefeiert. Junge Künstler besuchen ihn. Aufwartungen, Blumen. Es kommt ihm seltsam vor. Wie hatte er sich als junger Mann nach dieser Anerkennung gesehnt. Hilde hält am Abend seine Hand.

Kurz vor Weihnachten, er ist gerade beim Frühstück, hört er einen ohrenbetäubenden Lärm. Das ganze Haus zittert. Er ist allein, er erschrickt zu Tode, von überall her hört er ein aberwitziges, schrilles Klirren. So schnell er kann, begibt er sich in den Keller.

Wieder dieser entsetzliche Lärm, er hält sich die Ohren zu. Es muss ein Angriff sein, direkt über ihnen müssen sie Bomben abgeworfen haben. Die Bilder, was ist mit den Bildern? Er muss hoch, er muss sie in den Keller holen. Er fängt an zu husten, er keucht, ringt um Luft, wie so oft, wenn er sich aufregt.

Niemand ist im Haus. Er hat nicht die Kraft, die Bilder zu retten.

Das ist der Tod, denkt er, er holt sich meine Bilder.

Als er wieder nach oben kommt, ist seinen Bildern nichts geschehen. Schwer atmend geht er von einem Zimmer ins andere, von einem Atelier zum anderen. Wo soll er sie verstecken? Wie kann er sie schützen?

Er überlegt fieberhaft, ruft seinen Gärtner an, weiß nicht, was tun.

„Es sind zu viele, Herr Munch. Es gibt keinen Platz."

Es ist der Osloer Hafen, der von den Deutschen bombardiert worden ist. Ein Munitionslager ist in die Luft geflogen. Eine heftige Detonation. Etliche Fensterscheiben im Haus sind zersprungen.

Munch steht unter Schock.

Er hat sich verkühlt.

Zu Weihnachten sitzt er mit den Hunden im Wohnzimmer. Vor sich auf dem Boden ein kleines, schmuckloses Bäumchen, wie jedes Jahr. Auf dem Tisch ein Teller mit Früchten, Äpfel, Nüsse, Mandelkern.

Er hustet, die Brust tut ihm weh.

Da sitzt er, der Sohn von Seefahrern und Priestern.

Er unterhält sich mit Laura und den Schieflers, mit ihnen war es oft so schön.

Überall im Haus zieht es.

Ein paar Wochen noch, dann gibt er nach, er sieht die Sense blinken.

Sein Kopf sinkt müde in das Kissen, sein Körper sinkt müde in das Bett.

Er schließt seine Augen, die so viel gesehen.

Er schließt seine alten Augen.

Er wandert durch all seine Bilder. Er läuft an seinen Modellen des Alters vorbei, kommt zu Linde, der mit seinen Söhnen im Park spielt. Er läuft am Strand entlang, vorbei an dem alten Fischer mit seiner Tochter, die er in Lübeck gemalt hat, und den Kindern in Warnemünde. Er sieht auf dem Wasser in einem Boot, in einiger Entfernung, seinen Vater, seine Mutter, seinen Bruder Andreas, Sophie, Laura im blauen Kleid und Tante Karen, lächelnd. Sie sehen ihn an. Liebe Sophie, ruft er, liebste Laura! Er läuft durch Bäume und Wälder, die er geliebt, in den hellen Sommernächten, er läuft durch Blau, Grün, Gelb. Er streicht Milly übers Haar und wirft der nackten Eva auf dem großen Bild mit den drei Frauen einen Kuss zu. Ihr herausforderndes Lächeln wird sanft, ihr Haar gerät in eine fließende Bewegung, ihr Gesicht wird schmaler und kantig und bekommt hohe Wangenknochen. Schwere melancholische Lider schlagen den Blick auf.

„Tulla."

„Edvard."

Etwas Sehnsüchtiges in den Augen.

„Vielleicht hätte ich dir später begegnen sollen."

„Dann wäre es nicht so gewesen wie es war."

„Vielleicht wäre es schlimmer gewesen, oder vielleicht wäre es gar nicht geschehen."

„Liebe Tulla."

Ihr Haar fällt in sanften Locken auf ihre Schultern, er streckt die Hand danach aus. Sie senkt ihre schweren Lider und sieht ihn zwischen ihren Wimpern hervor an. Der Blick, den er liebt. Der ihn verführt hat, hundertfach. Sie sieht so schön aus, es macht ihn verrückt.

„Ich dachte immer, du hättest nichts von mir verstanden."

„Ach, wären wir beide nicht so stolz gewesen!"

Tulla lächelt sanft. Ihre Erscheinung wird etwas blasser. Er hebt seine linke Hand mit dem kaputten Finger, hält sie in der Luft, lässt sie sinken.

Er nimmt ihre Hand. Wie glücklich ihn ihre Haut gemacht hatte, als lösten sie sich ineinander auf. was auch immer sie berührte, seinen Zeh, seinen Finger, seine Nase, sein Ohrläppchen. Alles war Lust und Zärtlichkeit.

Tulla sieht ihn an, sie wirkt müde. Er legt die Handfläche an ihre.

„Es ist nicht deine Hand", sagt Tulla, „es ist nicht meine Hand, es ist die hauchdünne Fläche, an der sie sich berühren."

„Ich liebe dich, Tulla."

„Ich liebe dich auch."

Sie legen ihre Lippen aneinander wie die Handflächen. Sie rücken näher zueinander, ohne Lippen und Hände voneinander zu lösen. Ihre Kleider verschwinden, ein unsichtbarer Pinsel bildet keine neue Schicht, er legt etwas frei, ihre Körper. Ihre nackten jungen Körper, wie in der Zeit, in der sie sich liebten. Kräftige Körper, mit straffer, zarter Haut, helle Körper, die im Begriff waren, eine außerordentliche Erfahrung zu machen.

Munch umarmt Tulla, sie lehnt sich in ihn hinein. Farben glimmen auf, hell und zart wie bei einem Druck, mit einem Hauch von Gelb vielleicht, Rot und Blau, es ist der Wald, den Munch wieder und wieder gemalt und in Holz geschnitten hat, wie auf dem Bild mit dem Paar, das davor stand, Arm in Arm, als zögerte es, ihn zu betreten.

Aber jetzt, mit Tulla schwebend, hat er keine Angst; er verschwindet mit ihr in den geheimnisvollen Wald, der sein Herz war, und ihres, seine Seele und ihre, und sie lösen sich auf, in das blasse Grün, das tiefe Grau des Waldes hinein,

in das Land der Kristalle geht Munch
und er zerfällt zu Staub
und Stille
und
Pigment.

Selbstbildnis mit Zigarette, 1895

EDVARD MUNCH gilt als einer der bedeutendsten Künstler des 20. Jahrhunderts. Seine Gemälde *Der Schrei* und *Madonna* gehören zu den teuersten der Welt. Geboren wurde er am 12. Dezember 1863 im norwegischen Løten als das erste Kind des Militärarztes Christian Munch und dessen Frau Laura Cathrine. Seine Geschwister Sophie, Andreas, Laura und Inger folgten. Als dramatischen Einschnitt erlebte die Familie den Tod der Mutter im Jahr 1868 und den Sophies, die mit vierzehn wie die Mutter an Tuberkulose starb. Edvard Munchs Tante Karen Bjölstadt übernahm den Haushalt. Mit siebzehn Jahren beschloss Edvard Munch, sein Leben der Kunst zu widmen. Er besuchte die Staatliche Zeichenschule in Christiania (später Oslo) und erhielt einige Anregungen älterer Kollegen, doch war er weitgehend ein Autodidakt, der sich in Paris, Berlin und anderen Städten Europas mit der zeitgenössischen Kunst auseinandersetzte. Seinen ersten Durchbruch hatte er 1892 in Berlin, im Verein Berliner Künstler, Skandal und Erfolg zugleich; Paris entdeckte ihn ebenfalls früh, er stellte mit Cézanne, Matisse, später auch mit Picasso aus. Im eigenen Land blieb die Rezeption lange schwierig. Seine Themen bezog Edvard Munch aus dem Leben: Tod, Angst, Liebe und Eifersucht beschäftigten ihn bis zu seinem Tod mit achtzig Jahren. Er verliebte sich 1898 in Tulla Larsen, die er nie vergessen konnte. Er trank zu viel, was er nach einem Aufenthalt in der Nervenklinik in Kopenhagen 1908/1909 jedoch aufgab. Er war ein unruhiger Mensch und reiste ungeheuer viel herum, zu Anfang nur mit einem Koffer mit Stiefeln und Pinseln, später mit Kisten, in denen er seine wichtigsten Werke mitnahm. Er hielt sich oft in Deutschland auf. Er schuf ein riesiges Oeuvre, das heute über die ganze Welt verteilt ist, darunter oft mehrere

Versionen wie die der *Madonna*, des *Lebensfrieses*, des *Kranken Kindes*, der *Mädchen auf der Brücke*. Auch wenn er eine gewisse Nähe zum Expressionismus zeigte, nahm er stets eine Einzelposition in der Malerei ein, ähnlich wie Gauguin und van Gogh, denen er sich nahe fühlte. Von 1916 bis zu seinem Tod am 23. Januar 1944 war sein Lebensmittelpunkt das Gut Ekely bei Oslo.

Tanja Langer

ANMERKUNGEN UND DANK DER AUTORIN

Seit 2002 habe ich zahlreiche Ausstellungen Edvard Munchs gesehen und dabei Notizen gemacht. Der Zyklus *Alpha & Omega* liegt vollständig im Archiv des Berliner Kupferstichkabinetts vor und kann dort auf Anfragen eingesehen werden.

Wichtige Hinweise erhielt ich von Petra Schmidt-Dreyblatt, Munch-Haus Warnemünde, Bodil Stenseth, Oslo, dem Maler Reinhard Pods, Berlin und der Malerin Sarah Haffner (1940–2018), Berlin.

Die meisten Einsichten verdanke ich jedoch meinem Lebensgefährten, dem Kunsthistoriker Wolfgang Siano (1948–2024), unseren leidenschaftlichen Gesprächen über Kunst und Liebe.

Ein besonderer Dank gilt Matthias Birkholz, Birgitt Frey und Regelindis Westphal gilt für ihre engagierte Unterstützung dieser Neuausgabe.

Worte Munchs, die ich frei (ansonsten kursiv) verwendet habe, fand ich an verschiedenen Orten in deutscher Übersetzung gefunden, einige habe ich mir selbst übersetzt aus:
Tøjner, Poul Erik: *Munch In His Own Words*. München / London 2003.

Für meine Arbeit wesentliche Publikationen waren:
Arnold, Matthias: *Edvard Munch*, rororo Monographie. Reinbek, 1986
Buchhart, Dieter (Hg.) u. a.: *Edvard Munch and Denmark*. Ostfildern, 2009
Eggum, Arne / Woll, Gerd: *Edvard Munch: Alpha & Omega*. Oslo, 1981
Eggum, Arne (Hg.) u. a.: *Edvard Munch / Gustav Schiefler: Briefwechsel I / II*. Hamburg, 1987
Eggum, Arne: *Munch und die Photographie*. Wabern-Bern, 1991
Meier-Graefe, Julius: *Kunst-Schreiberei. Essays und Kunstkritik*. Leipzig und Weimar, 1987.
Stang, Nicolas: *Edvard Munch*. Dresden / Wiesbaden, 1981.
Timm, Werner: *Edvard Munch, Graphik*. Berlin, 1969 (Dank an die Malerin Sabine Schneider)

TANJA LANGER,

1962 in Wiesbaden geboren, lebt seit 1986 in Berlin. Sie inszenierte zahlreiche Theaterstücke, bekam drei Töchter und verlegte sich aufs Schreiben. Seit 1999 veröffentlicht sie ihr vielfältiges, auch in andere Sprachen übersetztes Werk: Erzählungen, Hörspiele und Romane wie *Cap Esterel*, *Wir sehn uns wieder in der Ewigkeit – Die letzte Nacht von Heinrich von Kleist und Henriette Vogel* und *Der Tag ist hell, ich schreibe dir*. Im Jahr 2019 eröffnete sie ihr Projekt zum Erinnern und Vergessen mit dem Roman *Meine kleine Großmutter & Mr. Thursday oder die Erfindung der Erinnerung*.
Als Textdichterin für Neue Musik verfasste sie unter anderem Libretti für die Oper *Kleist* (Uraufführung 2008) und den Liederzyklus *Fürchterlich ist die Braut am Abend* von Rainer Rubbert, die Oper *Ovartaci – crazy, queer & loveable* für 12 Komponist*innen (2017/8 Staatsoper Unter den Linden, Berlin). 2016 gründete sie den mehrsprachigen Bübül Verlag Berlin. Sie erhielt Stipendien und Auszeichnungen und ist Mitglied des P.E.N.

Ihre Liebe zu Edvard Munch entdeckte Tanja Langer bei einem Aufenthalt in der Rasmus Meyer Collection in Bergen (Norwegen) im Jahr 2001. Edvard Munch als Sujet taucht erstmals 2006 in ihrem Roman *Kleine Geschichte von der Frau, die nicht treu sein konnte* auf.

Tanja Langer gilt als „eine aufregende und avancierte Autorin mit Gespür für politisch-gesellschaftliche Umbrüche, die sie immer auch aus privater Sicht zu spiegeln weiß."
(Volker Heigenmooser, literaturkritik.de)

www.tanjalanger.de

Der Roman „Der Maler Munch“ erschien 2013 erstmals
im Verlag Langen*Müller*, München.

In einigen Fällen folgt der Text der alten Rechtschreibung.

Umschlagmotiv: Edvard Munch, Begierde, 1907 (Ausschnitt)

Bildnachweis: akg-images, Berlin; Seite 69, 125, 187 Heritage
Images / Heritage Art / akg-images; Seite 113 akg-images / Liszt
Collection; Seite 227 akg-images / Erich Lessing

Gestaltung: Tanja Langer, Regelindis Westphal
Technische Umsetzung / Bildbearbeitung: Norbert Lauterbach
Druck: FINIDR, Tschechische Republik

ISBN 978-3-911192-00-2